中华民间经典故事会

拜天地

怡安 选编

民间故事

风俗传说

中国社会出版社

图书在版编目（CIP）数据
拜天地：风俗传说/怡安选编．—北京：中国社会出版社，2010．1
（中华民间经典故事会）
ISBN 978－7－5087－3040－0

Ⅰ．①拜…　Ⅱ．①怡…　Ⅲ．①民间故事—作品集—中国
Ⅳ．①I277．3

中国版本图书馆 CIP 数据核字（2010）第 000407 号

丛 书 名：中华民间经典故事会
出品策划：李春园
书　　名：拜天地：风俗传说
选　　编：怡　安
绘　　图：王无骄
责任编辑：李春园

出版发行：中国社会出版社　　　邮政编码：100032
通联方法：北京市西城区二龙路甲 33 号新龙大厦
电　话：(010)66080300　(010)66085300
邮购部：(010)66060275
电　传：(010)66051713
编辑室：(010)66060097
网　　址：www. shcbs. com. cn
经　　销：全国各地新华书店

印刷装订：中国电影出版社印刷厂
开　　本：150mm×225mm　1/16
印　　张：11．25
字　　数：106 千字
版　　次：2012 年 3 月第 2 版
印　　次：2013 年 12 月第 3 次印刷

定　　价：19．00 元

编者的话

过去时兴“讲古”，劳动的间歇、热闹的市集、“猫冬”的时候……在人们聚会的所有场合，都会说笑话、讲故事。千万不要小看这些在炕头、在村口讲述的故事，什么是好、什么是坏、什么是美、什么是丑、谁是好人、谁是恶人，说得一清二楚，以一种使人愉悦的形式对人们进行着道德教育，潜移默化中构建起大众共同的价值体系。

这些故事是民间知识读本。它告诉你，我们的先人是怎么理解宇宙的构造、人类的起源、万物生成的来历、人和人之间的相互关系。同时也把民间历史知识如数家珍地演述出来。这种叙说，虽然没有历史学家所表述得那么公允，但是却更明晰地体现了民众最朴实的评价。为人民做了好事的，就应该受到褒奖和称赞；为非作歹、迫害人民的，就应该受到讽刺和鞭挞。这些故事也许并非是真实发生的，但却在某种程度上反映了更高层次的“真实”。

这些故事是调剂我们先辈艰难枯燥生活的精神食粮。在衣食无着、艰难困苦的劳动生活中，故事成为让他们的心灵得到慰藉和愉悦的最佳方式。听故事、讲故事，在笑声中获得一种胜利者的满足。故事的好处是说不尽的。我们哪一个人不是在故事的陪伴下成长起来的呢？这里所说的故事，是广义的概念，包括神话、传说、狭义的故事、笑话等在内的所有口耳相传的散文类民间叙事作品。

神话是庄严的、远古的神圣叙事，涉及宇宙起源、人类诞生、大自然的形成和变化，人类的一切发明和创造，万物的起源以及鬼神世界等，把人们带到了悠远而又神秘的亘古时期。

我们周围的山山水水、动物植物，一位位历史人物、一桩桩历史事件……所有的一切无不被民众以传说的方式演绎成脍炙人口的艺术作品，当做“可信的史实”口耳相传，汇成浩瀚的传说海洋。

故事是最为民众喜闻乐见的民间叙事体裁。这类作品里充满着幻想与虚构，任凭你张开想象的翅膀，让思绪恣意驰骋，神奇的宝物、万能的神仙……使勤劳善良但却被侮辱、被损害的主人公们都能终得善果、天从人愿。

即使是以现实生活为题材的讽刺性故事，也多以虚构为主要叙事手法。十二生肖排座次的故事里，老鼠和牛比大小争第一。老鼠想出一个巧主意，要骑在牛背上逛街。满街的人都喊“好大的老鼠”，却没有一个人理会已经司空见惯的牛。于是老鼠自然就在十二生肖里排了个第一。这样的故事虽然没有神奇的幻想，却以巧妙的虚构贯穿始终，更加生动隽永，意趣盎然。

故事流传的历史，就是一部民众世代延续的生活史，凝聚着先人的心血和才智，是我们中华民族智慧的结晶。那么到了今天，这些故事还有意义吗？科技的飞速发展让幻想不再有神奇的意蕴，在这样的环境中，故事还有存在的空间吗？还能继续发挥它曾经有过的作用吗？

一位伟大的思想家说过，想象具有永久的魅力，是不可企及的艺术高峰。开天辟地的盘古、填海的精卫、挖山不止的愚公、补天的女娲……这些主人公的精神不是仍然在鼓舞着今天的我们吗？牛郎织女的传说、嫦娥奔月的传说、梁祝的传说……这些瑰丽多姿的传说故事，化作世代传袭的文化血液流淌在每一个中国人的身体里。就如同中秋的圆月，早已成为凝结着民族情感的文化符号。今天，这些文化遗产在带给我们灵感和力量的同时，让我们更充实、更奋进，更乐观向上、更有幸福感。

民政部、中央文明办、文化部、新闻出版总署、国家广电总局、中国作协六部委主办的“万家社区图书室援建和万家社区读书活动”是惠及亿万城乡读者的民心工程，现在贡献给各位读者的《中华民间经典故事会》正是其中的一个具体项目，希望我们优秀的民间文化通过图书援建和读书活动得到传承和弘扬。这些故事都是搜集于二十世纪七八十年代的口传作品，很少经过文人的润改和再创造，最能体现在民间流传的原汁原味。在此要特别感谢所有的讲述者和记录者，他们的无私奉献使凝聚着民族智慧的优秀民间故事得到很好的保护和传承。希望这套丛书不仅能够为亲爱的读者提供欣赏的愉悦，也能够借此提升我们大家对祖国文化遗产的关爱。

目录

目录

目录

拜天地

盘古开天辟地后，已到老年，他一个人在世上转悠，觉着很没意思。有一天，他闲得实在手痒，便坐在河边，把水和土搅在一块儿和成泥巴，然后，照着他在水里留下的影子捏泥人儿。

盘古是个巨人，高得跟天一样，他照自个儿样儿那么捏，过了几年，才捏到胸膛，就已经比山高得多了。没想到，来了一场大雨，把泥人全冲散啦。盘古一看，捏大的不行，就捏小的，几把泥就捏成一个。他看那小人儿怪可爱的，捏好后就拿到脸上亲，又吹气儿要着玩。说也怪，气一吹，泥人竟活啦！盘古高兴坏了，就不住手地捏，等日头一晒干，一口气吹活一个。这下跟他要笑的人越来越多了，他快活得简直没法说。可是，人一多，麻烦事儿就跟着来了。一天，他捏了许多泥人，搬到阳坡晒。忽然飞来一群鸟，趁他睡着，把泥人两腿中间的泥蛋蛋掐掉了。那地方当下陷进去个深窝。盘古醒来，也没细看，张嘴就吹。那些泥人竟也全活了，之后他才发觉，有一小半少了泥蛋蛋，再补也来不及了，就这么由了他们。这样一来，腿中间有泥蛋蛋的就是男人，没有的就成了女人。

世上一有男女，事情更复杂啦。两样人，习性不一，就起头寻着结对对。较强的男子，一下占几个女子；差不多的占一两个；不行点的，一个也没有。没占上的有怨气，都跑去找盘古。盘古压根儿没想到会有这些麻烦，眼看围在他跟前的人越来越多，一下把他给愁坏了。正在这当儿，几个男的拉着一个女的找盘古断是非。这个说，女的是他占的，那个又说是他占的，争了半天，没一点眉目。盘古不知该断给谁好，正没法子，忽然看见了他用黑发编成的长腰带，就解了下来，让女的搭在头上，捂住眼睛，随便指一个男的。刚好，腰带的另一头搭在左边一个男子肩上，女的也正好指着他，盘古就叫他俩过活。可是，别的男子不服气，都说他们个头大，应该和女的结对。盘古气躁了，说：“你们再大，能大过天地吗？”几个一听，不知天地有多大。盘古朝上指一下天，又往下指了指地。这几个一看，天和地大的没边，吓得大叫一声，跑散咧。那一男一女也当即攥住带子两头跪下去，望着天地磕头作揖，他俩就这么成了婚。因为是攥着头发编的带子成了两口子，人们就把这法子叫牵线或牵绳，也叫结发。

人们一看，经过天和地许可，就能结个好对对，都照着去做，这习俗就一直传下来了。只是，后来人们嫌黑颜色的东西盖头不新鲜，才用红绸子顶替，把那法子也改叫牵红线。但夫妻结发这话儿却没变。

讲述者：茹　水　男　70岁　宝鸡县新民乡农民　小学
采录者：秦纯志　男　35岁　宝鸡县新民乡文化站干部　初中
采录时间：1987年1月5日
采录地点：宝鸡县新民乡

婚配的由来

女娲最初造的人，是男女连在一起的，有两个身子两个头，四个胳膊四条腿，行动很不方便。两个头一个这样想，一个那样想；一个要往西，一个要往东，总是东拉西扯弄不到一块儿。更让女娲犯愁的是，男女连在一起没法儿生儿育女。女娲想了想，干脆把造的这种人撕成两半，然后再让撕开的两半配成对，好传宗接代。

女娲开始造人的时候用泥捏。后来，她嫌太慢了，就用一根绳子在泥浆里搅，再提出绳子使劲地甩，那点点泥巴落地全变成了人。现在女娲又要把这些人撕开，可就费劲了。她把这些人叫到一起，挨个儿撕开放好。撕着撕着就不耐烦了，左手扔，右手撂，由于两个手劲不一样，有的撂得远，有的扔得近。被撕开的两半都想找到原来的一半，可女娲近一半，远一半，东一半，西一半地乱撂，给找“伴儿”造成了许多麻烦。据说找“伴儿”就是因找那一半而来的。不信，你把伴字拆开看，是“人”的一“半”。

现在有人找伴容易，有人找伴儿难，就是因为这容易的一对，是女娲将撕开的两半撂得近。难找到伴侣的，是女娲把撕开的两半扔得太远。还有的终身打光棍，就是一辈子找不着那一半的缘故。还有找到的不是原来的一半，就稀里糊涂结了婚，结果一辈子不合，也就产生了“离异”这一说。

讲述者：王耀唐　男　65岁　西安市未央区高铁寨村退休教师　初中
采录者：李翠荣　女　41岁　西安市群众艺术馆干部　大学
采录时间：1990年
采录地点：西安市未央区高铁寨村

正月初五送“穷媳妇”

农历正月初五，陕北民间有送“穷媳妇”的习俗。“穷媳妇”又叫恶煞神。传说，自从姜子牙封神后，众神灵各守其位，各司其职，天下太平。可是过了不久，出了恶煞神，搅得人间不安。究其原因，才知这个恶煞神就是当年祸害比干丞相的那个卖无心菜的女人变化的。

她原是当朝大奸臣费仲的老婆，姜子牙封神时她没有到场，没得到封赠，便三番五次找姜太公的麻烦。姜子牙气得脱口骂她："你真是个恶煞神！"这本来是句骂人的话，谁知那女人接了太公的口气，竟真的做起恶煞神来。她闯州走县，惹是生非，到了哪里，哪里就要遭殃；进了哪家，哪家就要倒霉。所以人们就叫她"穷媳妇"。

恶煞神横行人间，各路正神也无可奈何，只好禀报玉帝。玉帝请姜子牙去镇禳，姜太公掐指一算，知道恶煞神下界也是天意。为了人间安宁，他告诉人们说："恶煞神宜送不宜敬，农历正月初五是恶煞神的休息日子，家家户户可扫除恶煞垃圾，祭送穷媳妇离门。"这样，就有了送穷媳妇的习俗。

陕北每年正月初五晚上，各家各户都把门庭四周清扫一遍，将扫下的垃圾堆放在门旮旯，再由家庭主妇用五色花布裹一个象征穷媳妇的布人儿。布人儿前头缀着一个倒衩衩[1]装进食物作为干粮。准备停当，把布人儿供在门栏前，上香摆供，祭祀一番。

次日凌晨，家庭主妇给布人儿身后插进一个麻雷炮仗，端着头天晚上扫下的垃圾，由家门向南走三百六十步，一边默念："穷媳妇早离我家门，三十里路上喝水喀[2]，五十里路上歇脚喀，八十里路上吃饭喀，离了我家

① 倒衩衩：即衣兜。
② 喀：这里意为去。

门，进那财主门。急急如律令！”然后把麻雷点着，当空一放，表示穷媳妇已远走高飞，然后倒掉垃圾，随手在地上捡一根柴火棍，表示接上了财帛，转身回家。走时不能向后看，忌和人说话，否则穷媳妇就会再跟回来。回家后，全家人吃软米糕，说是以此填“穷旮旯”哩。

讲述者：张延年　男　84岁　神木县解家铺乡农民　小学
采录者：张润翔　男　54岁　神木县人大常委会干部　中专
采录时间：1974年6月15日
采录地点：神木县解家铺乡马莲滩村

元宵节的来历

为啥在农历正月十五吃元宵、挂红灯呢？原来这与元宵姑娘的故事有关。

汉武帝时，京城长安有个年轻美貌而又善良的姑娘，名叫元宵。她和父母，妹妹靠卖汤圆为生。由于她心灵手巧，做的汤圆又圆又香又甜，名扬长安城。后来被汉武帝知道了，硬把她选进皇宫，专为他做汤圆。元宵姑娘在皇宫一待就是三年，她终日想念父母和妹妹，为此，常常暗自落泪。

这年春节，元宵姑娘思念起亲人来不由泪如雨下，可又出不了皇宫。正月初十那天，她悄悄来到井台上，想跳井自尽，可巧被东方朔[①]看见了，他问明情况，十分同情元宵，便想出一条妙计。

第二天，东方朔找到元宵姑娘的家，把妙计告诉了她的父母和妹妹，然后就化装成一个算卦先生，走街串巷。凡是经他算过卦的人都得到一个同样的凶讯："正月十五降天灾，熊熊烈火四方来；弄得家家不安宁，搅得国家要衰败。"这个凶讯一传开，人人惊恐万状，纷纷来向东方朔求教。东方朔说："要想拯救万物生灵，必须在正月十三中午，拦住从长安城西北方向来的一位穿红衣、骑毛驴的姑娘。那是火神娘娘，苦苦哀求于她，她定会救你们。"

果然，正月十三中午，一个穿红衣、骑毛驴的女子从长安城西北方向朝城里赶来。人们立刻跪在路边，叩头哀求。那女子说："正月十四、十五两晚上，玉皇大帝下令要火烧长安城，我怎敢违抗玉帝旨意？你们快去禀报当今皇上吧！也许他有办法。"说完，骑着毛驴走了。人们赶忙回到城里，向汉武帝奏明此事。汉武帝和文武大臣也都吓坏了。这时东方朔从容地走上前对汉武帝说："圣上不必多虑，小臣倒有一计，可解长安厄运。"汉武帝转忧为

① 东方朔：西汉文学家，武帝时被封为太中大夫。

喜，忙问："爱卿有何妙计？快快讲来。"东方朔说："皇上可下旨三道，一道叫元宵姑娘出宫教全城百姓赶制汤圆，以供奉火神娘娘。第二道，令全城百姓家家做灯笼，到正月十四、十五晚上点燃，可瞒过南天门外观火的玉皇大帝，火神娘娘也就能复旨了。第三道，在正月十四、十五晚上，让皇宫所有大臣、宫女都出宫同百姓观灯，必能解难消灾。"汉武帝听罢，便照东方朔说的下了三道圣旨。

元宵姑娘接到第一道圣旨，高兴极了。她离开皇宫，回到家里，见到了日夜思念的双亲和妹妹。全家欢聚，悲喜交加，原来，那穿红衣、骑毛驴的火神娘娘就是元宵妹妹装扮的。

正月十四、十五两天晚上，长安城内，家家户户都给火神娘娘供奉汤圆。大街小巷，灯火辉煌，一片通明。汉武帝带着嫔妃宫女，文武大臣，夹在人群中，观赏各式各样的彩灯，早把"天灾"忘在脑后，元宵姑娘这时也随同父母和妹妹，一边观灯，一边说说笑笑，好不快活。

过了正月十四、十五，长安城安然无事，汉武帝大喜，便下旨每年正月十四、十五晚照例做汤圆，挂彩灯，放焰火。就这样，年复一年，相沿成习，流传至今。因为汤圆是元宵姑娘教会的，人们为了纪念她，就将汤圆叫做元宵，正月十五也被称为元宵节或灯节了。

讲述者：李建忠　男　40岁　耀县小丘乡农民　初中
采录者：柴新仓　男　26岁　耀县红岩村农民　初中
采录时间：1986年1月5日
采录地点：耀县小丘乡

跑旱船

跑旱船是民间社火的节目之一。

旱船的来历，还得从大禹治水说起。大禹在治水时，觉得百姓长期站在水中，不但工效慢，而且伤损身体，便想提高工效、保护百姓身体。他日思夜想，一连想了九天九夜，也没有想出个啥法儿。一天，在运泥途中，他突然看见水上漂过来一根木头。他灵机一动，心想：如果把许多木头并排扎起来，岂不可以利用水的浮力驮运泥沙吗？人们在水中停久了，还可以坐在木排上歇息。当天夜里，大禹便叫手下几个人上山砍伐树木，又砍竹劈篾，采野藤条扎绑木排。人们用这木排运沙泥，果真既方便，又省力，有时还神气十足地坐在木排上。

因为木排是用竹篾把木头拴在一起的，人们就给它起了个名字，叫“拴”。后来又叫成“船”了。

自从有了船，工程进展神速。不几年就疏通了许多河道，围起了很多湖泊，露出了许多陆地。可是大禹并不满足。他又发现黄河的水流太慢，便乘船向下游去查看。一日来到龙门山，只见水道狭窄，河水在此积聚。如果洪峰到来，这儿肯定要决口溢出来，给周围造成大灾。怎么办？大禹当机立断：开通龙门！开凿龙门工程十分艰巨。因为这里怪石丛立，水流很急，没有很多船只和人力根本不行。于是，大禹下令突击造船、破石疏道，定要治理好龙门水道。夏天，山石烫人；冬天，滴水成冰。大禹和民工一起长年累月吃住在山上，花了一年工夫，终于把巨大的龙门山开出了一条宽道，使上游河水顺畅地流了下去。龙门开通后，人们不停地欢呼，这呼声震惊了天宫。天帝在南天门向下一看，不由大吃一惊，因为他咋也没想到，大禹竟会率领黎民百姓把天下洪水治理好。

大禹治水一连忙了整整十三年，三过家门而不入，立了大功，百姓都十分崇敬他。当时的君主舜，看到人们如此推崇大禹就让了位。

大禹做了君主，爱民如子，把天下治理得井井有条，男耕女织，五谷丰登，天下太平。每到丰收时节，人们就想起大禹来，便把当时治水做的木船推来推去，跑呀，跳呀，唱唱和和，祝愿来年如意，永世太平。

这样，经过一代代沿袭发展，便形成了今天跑旱船的娱乐活动。

讲述者：温树茂　男　70 岁　临潼县北田乡农民　不识字
采录者：林　宏　男　38 岁　临潼县任留乡农民　初中
采录时间：1979 年春节
采录地点：临潼县北田乡

大头娃

每到元宵节，在长长的社火队后边，总有两个少年，男的穿道衫，女的着红袍，各戴一顶喜气洋洋的大头面帽，互相挑逗嬉戏，有趣极了。传说这是“大头和尚戏柳翠”的故事。

很久以前，有个姓柳的员外，仗着有钱有势，无恶不作，连官吏也让他三分。一日，柳员外携带全家老少去清风寺降香。沿路百姓设茶摆饭，官吏备马送行，没想到来到清风寺却冷冷清清。和尚们合掌静坐，闭目诵经，没一点迎接的表示。柳员外十分扫兴，破口大骂："秃驴，我老柳公大驾光临，你们竟敢怠慢无理！"院主姓袁，没正眼看他一眼，口念阿弥陀佛："出家之人，以道为本，四大皆空。"

柳员外又气又恼，回到庄里思谋着如何惩治袁和尚，想来想去，觉得只有从女色上用工夫才行。他不惜本钱买通了一名漂亮的妓女，叫她去清风寺调戏袁和尚，要是能打动他的心，赏黄金三百两。三天后，柳员外和家丁偷偷跟着妓女来到清风寺。妓女降香完毕，绕过竹林，向袁和尚的住处走去。正在树下读书的袁和尚，见一个妖艳的女子闯进院内，忙闭目合十念起经文。妓女绕着袁和尚扭动腰肢，嘴里哼着小曲。妓女见袁和尚无动于衷，又脱掉外衣，袒胸露臂，跳起舞来。和尚斜了妓女一眼，连声念阿弥陀佛，继续念经。妓女使了个绝招，扎进和尚怀里，狠狠亲了两口，两点胭脂印在袁和尚的脸上。这时，院内一阵大笑，柳员外和家丁一哄而上，臭骂了袁和尚一顿。柳员外回到庄里，四乡奔走，把袁和尚和妓女的事添油加醋传开了。袁和尚名声毁了，他在寺院的墙上写道："今生难洗清白体，来世定报柳家仇。"写完，便含冤上吊死了。

一年后，柳员外的太太生了一女。柳员外老年得子，视如掌上明珠，起名翠儿，转眼到了二八青春，出脱得美丽动人。谁知翠儿不修女工，不读诗书，偏爱烧香念佛，三天两头去寺院降香，见了和尚眉来眼去，撒娇泼情，闹得柳家臭名远扬。无奈柳员外只得草草地给女儿选了门婿，择了黄道吉日。这天亲朋好友都到齐了，正当午时，花轿停在柳家门外，唢呐声声，迎接新人。这时柳翠却不见了，四下查访，知情的人说："柳翠跟一个和尚手拉手，肩并肩，亲亲热热，扭扭摆摆走了。"柳员外一气之下染了重病，不几天就死了。当地老百姓欢天喜地，都说柳翠是清风寺和尚转世的，为百姓除了一害。后来，人们将大头和尚戏柳翠的故事编入秧歌社火，每年春节都要敲锣打鼓，来奚落那些欺压百姓的恶人。

讲述者：张国喜　男　70岁　黄龙县白马滩农民　小学
采录者：张发业　男　44岁　黄龙县文化馆干部　高中
采录时间：1986年
采录地点：黄龙县白马滩

磨影子舞

每到过新年耍社火时，陕西省汉中市城固县就有一群年轻的姑娘身穿彩裙，在彩裙下端吊一个彩绘的大磨盘模型，手持鲜花，转动磨盘，边舞边唱。这就是跳磨影子舞。为啥跳磨影子舞呢？

传说古时候，城固县清水河边住着一位年轻的媳妇。新婚不久，丈夫就离家出远门经商去了。一去就是好多年，音信全无。一对年迈多病的公婆就由媳妇侍候。家里很穷，媳妇一人担起全家的生活重担，她请人打了副石磨，干起了换面的营生。平时，她给公婆吃的是白面，自己悄悄吃着麦麸子，从不亏待老人。时间一长，她那孝名就传到外乡去了。

有一天，媳妇半夜起来磨面，手推磨“咕噜噜，咕噜噜”转了一圈又一圈，由于过于劳累，她站着就睡着了。不晓得过了多久，“喔喔——”一声鸡叫把她惊醒，睁眼一看，窗外的天色已经发白了。她觉得浑身发热，一摸肩头，一条花裙搭在肩上。媳妇感到奇怪：这是谁的呢？想来想去，觉得这一定是婆婆悄悄地给她买的。就穿起花裙试了试，嘿，不大不小正合身。她正准备去烧水煮饭，却发现磨盘自己转开了。奇怪了，磨盘咋会自己转哩？媳妇脱下裙子，磨盘就停下了；她又穿上花裙，磨盘又自动转开了。媳妇是个聪明人，她明白这裙子是个宝裙，是神人赐给的。

自从有了宝裙帮忙，媳妇再不用半夜三更起来推磨子。磨面多了，挣的手工钱增加了，公婆的生活也好了，一家三口人过得和和美美的。就这样，媳妇起早贪黑，操劳家务十几年，尽心服侍公婆，一直到二老去世。这时，发了财的丈夫终于回来了。他见媳妇已不是十几年前的俊俏模样，而是黑手黑脸的半老太婆了，便黑了心肠，又娶了个小老婆，不认结发前妻。媳妇的眼泪流成了河，咋样也劝不回那个负心人。她一气之下，穿上宝裙，给全身泼上油，点火自焚。大火熊熊烧起来，奇怪的是，媳妇不但没被烧死，宝裙下还出现了几朵祥云，云彩托着她升上天空。伴她十几年的石磨子也跟着升了起来。

丈夫见媳妇升了天，懊悔莫及。他仰天大叫："等一等，拉我一把！"媳妇没有理他。他猛地往上一跳，抓住了宝裙下面的磨把，身子也跟着腾空离地了。丈夫害怕掉下来，使劲拽住磨把，不料磨把被他拽断，人从半空中掉下来，活活摔死了。

勤劳又孝顺的媳妇升天成神了。人们为了纪念她，年年春节耍社火，就由一些姑娘媳妇打扮成她升天时的模样，载歌载舞转动磨子歌唱，跳起磨影子舞。

讲述者：田隆庆　男　56 岁　城固县剧团干部　初中
采录者：王寅明　男　46 岁　汉中地区群众艺术馆干部　大学
采录时间：1985 年
采录地点：城固县

二月二 龙抬头

传说武则天篡权谋位，惹怒了天神。玉皇大帝命太白金星传谕四海龙王，三年不准给人间降雨。莫说三年，只一年时间，人间便遭了大难。主管天河的神龙看到尸横遍野的惨相，就偷偷向人间降了雨露，拯救了万民。

玉帝知道后，当即把神龙贬下凡来，压在一座山下，又传旨太白金星在山顶上立了块石碑，说是等到金豆开花才放走它！

人们知道神龙受贬，压在山底下，就到处找金豆，可找来找去，就是找不到。有一年，二月初一，一个老婆婆背着半口袋玉米上集市去粜，不小心摔了一跤，玉米撒了一地。大家心里一亮：这玉米子不是金豆吗？一传十，十传百，家家户户都爆玉米豆儿！

二月初二，各家各户把爆好的玉米花供到当院，还有的送到神龙身边。神龙见了，就大声喊道："太白老儿，金豆开花了，还不快快放我回去！"

太白金星人老眼花，只见地上到处是黄灿灿的金粒开着花儿，就信以为真，一招手收了拂尘，镇压神龙的那座山移走了。神龙跃上云层，天上顿时雨如盆倾。

从此，每逢二月二，人们都要炒豆豆，爆玉米花，祝愿神龙抬头，好给人间普降甘露！

讲述者：王民安　男　55 岁　旬邑县土桥镇农民　高中
采录者：王新民　男　32 岁　旬邑县土桥镇小学教师　高中
采录时间：1988 年 11 月 3 日
采录地点：旬邑县土桥镇

端 午 节

很久以前，凡间的人打死了守卫天宫的神鹅，惹恼了玉皇大帝。玉皇大帝便扬言要在正月十五前后用一把天火将人间烧尽。这消息被玉皇大帝的丫头听见了，就私自下凡间来告诉人们：正月十四、十五、十六晚上，家家户户都点灯笼，放爆竹，升焰火，以免遭难！这三个晚上，玉皇大帝来到南天门一看，人间一片火海，很高兴。可是到了五月，玉皇大帝忽然想起要到南天门查看一下火烧后的人间，并定于五月初五一早视察。这消息又被丫头知道了，她就二次下凡来为人间报信。

玉皇大帝的丫头一路风尘，又热又渴，就到一眼山泉边上去喝水。她刚趴下身，从头顶上丢下一块土圪垯，把水搅浑了。丫头抬头一看，泉边站着一个砍柴青年。她生气地说："不是我，人间早叫天火化净了。今儿个知恩不报，反倒欺负我，是啥道理？"

砍柴青年说："我看你走热了要喝凉水，不搅浑，你急着喝了会得病哩！"

丫头听罢心想：这人的心肠真好，我不如就对他说了吧！就告诉砍柴青年，五月初五，玉皇大帝要在南天门查看火烧后的人间，如果看出破绽，二次火烧定逃不了。砍柴青年听了，急得直搔头皮。丫头又说："你回去告诉大家，初五这天，各家各户都用艾蒿插在门上，行人带在身上。玉帝一看艾蒿丛生，草香飘荡，就被哄过去了。"

砍柴青年插嘴说："艾蒿气味不浓，要是每人缝个香袋，装上香草，气味就浓了。"丫头又说："这回难大，还要给七妖八怪放生，去人间横行，最好用红绿线拴住人的脖子，守定三魂七魄！"砍柴青年说："菱角锋利，能驱妖除邪，叫人们戴在胸口。"二人商量停当，丫头就回了天庭。

五月初一这一天，人间的大人小娃都在脚、手、脖子上拴了红绿线，又带了菱角。初五清早，家家门口插了艾蒿，人人戴了香包。玉皇大帝站在南天门一看，人间果然一片绿色，艾蒿香草气味直钻鼻孔，不由高兴万分，又回天宫去了。

至今，人们每逢五月初五这天，就要插艾蒿，戴香包，吃油糕、鸡蛋以示纪念。

讲述者：苏培忠　男　68岁　陇县东风镇苏家坡村农民　不识字
采录者：苏周堂　男　36岁　陇县东风镇文化站干部　大专
采录时间：1980年5月27日
采录地点：陇县苏家坡村

结婚踩红毡的由来

古时候，青龙镇①东边住着一户姓雒的人家，是个大户，五世同堂，人丁兴旺。时逢腊月初八，雒家双喜临

① 青龙镇：今陕西岐山蒲村。

门，一喜是，雒老汉八十高寿；二喜是，雒老汉最小的曾孙这日完婚。因此门首张灯结彩，鼓乐喧天，热闹非凡。

那时候，男女婚配要在日头落山的时候，才能将新娘接到家门。这天，眼看红日西坠，村头鼓乐骤起，爆竹齐鸣，抬新娘的花轿不大一会儿来到雒家门前。轿帘一挑，只见新娘顶着盖头，脚蹬绣鞋，下了花轿，站在众人面前，单等新郎揭去盖头。就在这时，从花轿里又走出一个新娘，打扮得跟前面的新娘一模一样。两个新娘站在一起，高低一般、胖瘦一样。众人一看都惊得不知说啥好。

雒老汉对曾孙说："把她俩的盖头揭掉，让我再仔细看一下。"谁知两个新娘眉儿、眼儿全都一样。正在雒老汉分不清真假新娘的时候，周公带着一队人马下乡体察民情。众人迎上前去求周公明断。

周公打量了面前站立的两个新娘，心中已明白了大半。原来有两只狐精从天宫下凡，在人间兴妖作怪，一只脱身妲己，谗言纣王，陷害忠良；一只在民间施展妖术迫害百姓。周公命人拿来一条红毡，让四人在半空拽开，然后对两位新娘说："你俩中间，必有一个是假，今日当着众人面，谁能从红毡上走过去，便是真的。谁若不能走过，我手中的利剑决不留情。"周公说罢，只见站在前面的那个新娘，脚步离地轻轻跃起身，从红毡上走了过来。轮到后面的新娘踩红毡，只见她迟迟不肯上前，停了一会儿，她竟呜呜哭个不停，周公见状，便知真假，急忙抽出腰中宝剑，劈头朝前面那个新娘砍去。那新娘瘫软在地，显了狐狸原形。

人们看到周公的红毡能辨真假、能避邪，便都照着做。这结婚踩红毡的习俗就传下来了。

讲述者：李秀英　女　48 岁　岐山县城关小学教师　中师
采录者：李正义　男　52 岁　岐山县文化馆干部　中师
采录时间：1988 年
采录地点：岐山县文化馆

大相歌

在农村，给女子找婆家，给儿子订媳妇，总是要先问问对方的年龄、属相，然后再拿“大相歌”比照，看大相合不合。要相合，就订得婚，要不相合，就订不得婚。这大相歌是：

鼠羊一旦休，白马犯青牛；

虎蛇如刀绞，龙兔泪长流；

金鸡怕玉犬，猴猪不到头。

可这大相歌是怎么来的呢？

相传，汉朝时，有一年汉景帝传旨，要给宫中选一千名美女，并且言明，选到谁就是谁，无论朝臣百姓，都不准藏美。

当时，东方朔有个女儿，年方十七，长得水灵灵，白生生，花骨朵儿一般可爱。东方朔的夫人怕皇帝选妃把爱女选了去，整日愁容满面，水不进口，食不下咽，常常暗自流泪。

一天，东方朔从朝里回来，见夫人伤心流泪，问明原因，皱着眉头想了会儿，劝慰夫人道：“这事你不用愁，到时候我自有办法。”

眼看选妃的日子一天天近了，夫人还没见东方朔拿出法儿，心里越发着急，终日坐卧不安。这天，东方朔告诉夫人：“有办法了！”就把自己编的大相歌念给夫人听，还说这歌已让人传到民间。

有天早晨，汉景帝临朝，东方朔便把大相歌呈了上去，还说这是天意，违不得。今年选妃不能选十七岁的姑娘，因为十七岁的姑娘全是兔年所生，皇帝是龙，“龙兔泪长流”，大相不合。景帝信以为真，传下圣旨：凡十七岁的姑娘均不得入选。

就这样，东方朔的女儿躲过了选妃这一关。从此以后，大相歌也就在民间流传开了。

讲述者：孙高瑞　男　57岁　泾阳县高庄乡农民　初中
采录者：徐战文　男　45岁　泾阳县文化馆干部　中专
采录时间：1988年
采录地点：泾阳县二条街

戏耍公婆

长安县有个风俗：谁家得了小孩，乡亲们就要戏耍小孩的爷爷奶奶。给奶奶脸上涂红抹黑，穿上花衣裳，骑上骡马或毛驴游乡，逗得满街满巷的笑声。

相传这个风俗还是从汉朝兴起的。

那时，长安神禾塬上有个恶霸叫窦仁，一心想长生不老。这家伙不知从哪里弄来个方子，说是吃上四月八日这天生的十个男孩的心，准保长命百岁。他贴出告示，说愿为穷人家养活孩子，叫四月八日生的孩子都到他家登记。

终南山沟里的董婆婆家四月八日生了个孙子，她虽然不明白窦仁葫芦里卖的什么药，但她不相信窦仁会对穷人发善心，所以多了个心眼，在登记时说自家生的是个女孩儿。

窦仁让那些生了男孩的家长披红戴花，骑马上街风光风光。他见了董婆婆这个穷老婆子，便想戏弄一下，叫人牵来一头小毛驴，取来一套年轻女人的花衣裳，手端一碗锅底灰。不管董婆婆愿不愿意，家奴就给她穿上花衣裳，抹了一脸黑，把她硬拉上毛驴，跟在十匹马后面去游街。所到之处，惹得人们哈哈大笑。

董婆婆对这丢人现眼的事，根本就没往心里去，她干脆给孙子起了个女娃名字，穿上女娃衣裳。后来，那些娃娃被窦仁害了，消息传出，董婆婆出了一身冷汗。孙子懂事后，董婆婆又请人给娃教文授武。孙子长到了十八岁，已是文武双全。这时，董婆婆才让孙子换上男装，上京应试。这孩子也够争气，居然中了新科状元。皇上见他才貌双全，招他为东床驸马，叫他掌管京城政务。多少年来，奶奶和娘一直在他耳边叨叨窦仁老贼为富不仁，他自己也深记男扮女装的耻辱，决心为民除掉这个大害，便向皇上呈奏了窦仁的罪行和自己被迫十八年男扮女装的经历。皇上大怒，当即降旨让董驸马查办窦仁。董驸马查清窦仁的恶迹，下令将窦仁的心挖出来，祭奠那十个婴儿，百姓无不称快。

窦仁逼迫董婆婆穿花衣骑毛驴脸上抹黑去游街，本来是侮辱她的意思，没想到这样一来却保住了她的孙子，而且这孩子后来中了状元。在百姓看来，不但没有了侮辱之意，反而成了喜庆。所以打这儿以后，这种做法就在长安民间流传开了，而且渐渐成了风俗。

讲述者：杨鸿斌　男　50岁　长安县东大乡中学教师　大学
采录者：杨向曦　男　19岁　长安县中学学生　高中
采录时间：1968年5月
采录地点：长安县东大乡

认干大

有对夫妻结婚五年多，没生孩子，便到处求神。

神仙们聚在一起商量该让谁去呢？菩萨爷说："土地爷还是你去。等你长到三岁，人家给你定亲，十七岁娶妻。到结婚的那天晚上，我变一个蝎虎子①来救你。"不料

① 蝎虎子：壁虎的俗称。

这些话被一个刚要进庙的道人听见了。

十个月后，果然这对夫妻生了一子。到孩子长到一岁时便抱着去撞道。恰巧撞的就是那天在庙门口听见神仙说话的那个道人，便认那道人为孩子的干大[1]。当孩子十七岁结婚的那天晚上，这个干大无论如何也要睡在新房中。孩子的父母想，这成何体统，说啥也不能让干大睡在孩子的新房中。干大便说："让两个娃睡觉。我需要一盆炭火，一个火钳。"他这么一说，孩子的父母更加害怕了，还以为是要害他们的孩子。道人又说："如果你们不放心，便在窗下听着吧！"

到了半夜，两个孩子都睡得十分香甜，道人便在房间等候。不多大一会儿，忽然听见外面有呼呼的响声。道人早已把火钳在炭火中烧红了，单等蝎虎子精的到来，这时随着响声越来越近，就见簸箕大的一个蝎虎子从西北角正向孩子睡的地方扑来。道人很快从火中取出火钳，夹住蝎虎子狠狠地放在火中烧死。这时他叫醒全家人，说出了这孩子是神仙转世的缘起。孩子的父母非常感动，说："多亏他干大，要不然孩子的命早就没了！"

直到现在，不管哪家生下贵子都要给娃认个干大，意思是保佑娃平安长大，不得病。这就是给娃认干大的来历。

讲述者：金千来　男　65岁　商州市岩村农民　不识字
采录者：王燕青　女　20岁　商州市夜村区文化站干部　初中
采录时间：1988年3月20日
采录地点：商州市夜村区文化站

① 干大：即干爸。

打儿洞

镇巴县鱼渡坎向南走三十里，有一道石崖，叫做打儿崖。打儿崖上有个石洞，叫做打儿洞。

很早以前，有个背老二[1]从这里路过。他看见河对岸的石崖慢慢向河这岸靠拢，越靠越近，眼看只有五六尺了。背老二心想，如果石崖再靠拢来，不就堵住了河水，挡住了道路？想到这里，就用打杵朝石崖撞去，“嘭”的一声，石崖又慢慢缩了回去。

背老二走南闯北见过不少稀奇事儿，这种事还是头一回碰上。他越想越怪：“我走的时候，婆娘快要生娃儿，莫非这是个兆头。”他想试试自己的运气，见石崖上有个石洞，就捡起一块石头，心里头祷告：石头扔进洞口，婆娘就生娃儿，扔不进去，婆娘就生女子。祷告完扬手一扔，小石头不偏不斜落在石洞里。背老二欢欢喜喜上路往家赶。

回到家里，婆娘果然生个胖娃儿。背老二一问婆娘，这娃儿降生的时辰，跟自己路过石崖扔石头的时辰一点不差。便连连说：“打儿洞，打儿洞，神了！神了！”

事情传开后，人们干脆把这石崖叫做打儿崖，把石洞叫做打儿洞。

此后，方圆几十里的男人，都跑来烧香化纸，然后朝山洞扔石头，乞求神灵保佑自己早得儿子。年复一年，打儿洞里堆满了数不清的小石头。打儿洞的传说也从此流传下来。

讲述者：陈化秀　男　65岁　镇巴县渔渡镇白草河村农民　小学
采录者：陈发全　男　33岁　镇巴县渔渡镇文化站干部　高中
采录时间：1986年6月26日
采录地点：镇巴县渔渡镇

---

① 背老二：大巴山中背货走山路的人。

红叶为媒

有人把媒人叫“红爷”，其实本该叫红叶。为啥呢？

隋炀帝杨广好女色。他登基以后，皇宫里单说后、妃、嫔、娥就有三千六百个。

有一回，又选了民间一个美女要纳为妃，文武大臣齐来恭贺，把杨广给灌醉了。整整一夜，杨广躺在龙床上沉睡不醒，早把新纳的妃子忘到脑后去了。

第二天，大臣又带来了一个美女。杨广一看，比昨天的更美，又纳入宫中。

整整十年，早先那个被纳为妃的民间女子连杨广的面都再没见，关在皇宫里，跑也跑不了。天长日久，这女子少不了思春想郎。

一年秋天，风儿吹下来一片柿子叶，她就拾起来，在红红的柿叶上写了一首诗：皇宫似囚牢，十载好凄凉；青春已虚度，谁是意中郎？写完就顺手扔了。这红叶被风一吹，飘到了“胭脂河”里，给水冲出了宫外。刚好被一个落考的京城举子拾了去，一看有诗，就把它夹到书里。

唐李渊伐杨广时，兵马杀到京城，皇宫里乱了套，人人都逃活命。那个民间女子也换上婢女的衣裳，混到人群里跑到宫外。这时，那举子正站在宫门口大声念红叶上的诗文。写诗的女子一听，就停住步，细细一看，念诗的人眉清目秀，相貌不凡，就和他结为夫妻了。

打这以后，人们就称媒人为“红叶”，因为红叶曾经为媒，使有情人结成眷属。

讲述者：何自元　男　79 岁　旬邑县湫坡头乡农民　不识字
采录者：何仁杰　男　65 岁　旬邑县湫坡头乡看花宫村农民　小学
采录时间：1988 年 2 月 5 日
采录地点：旬邑县看花宫村

三媒六证的来历

从前，有个财东，乐善好施，凡事都讲个忍让为上，为了教育子孙，在门口挂了一块写着“百忍堂”的匾。世上事就这么怪，你不挂这匾，没事；你一挂这匾，就有人扯皮扽筋。有三个和尚就不信，说：“世上哪有这种人？

咱们去他家化缘，化他三样东西，看他给不给。”他们就到财东家门口，敲响木鱼。财东出来了，问他们要化什么？大和尚说：“我要化像华山大的一块金子。”二和尚说：“我要你施舍一黄河油。”三和尚说：“给我布施天一样大的帐子。”财东听得浑身出冷汗，只得说：“你们明天再来吧！”就皱着眉头回到屋里去了。

财东有个小孙子非常聪明，就问爷爷为啥愁眉不展，财东照实给孙子说了。小孙子说：“爷爷，甭熬煎。明天他们来了，我给他们说。”第二天，三个和尚来了，小孙子说：“这些东西容易。但必须要有作证的，你们先找来‘六证’再说。”

三个和尚就去寻找“六证”。他们走到哪里就问那里有没有“六证”，人们都摇摇头说：“没有。”他们找呀找，一直走到京城里，见一个老太婆坐在门口做针线，他们就问：“老人家，你家有六证没有？”老太婆摇摇头说：“没有！”可是坐在老太婆旁边的小孙女却问他们：“为什么要找六证呀？”他们就告诉了婆孙俩他们向财东化布施、财东的孙子要六证的事。这小孙女一听，说：“有，有！”就跑回屋里取出来剪子、尺子、戥子、秤、斗、升子，交给他们说：“这就是‘六证’。”他们高兴地拿着六证到了财东家，把六证交给了小孙子。小孙子拿着戥子、秤交给大和尚说：“你用它把华山称一下，看有多重？”又拿过斗和升子交给二和尚说：“你用这把黄河水量一下，看有多少，好给你油。”又对三和尚说：“你用剪子把天剪下来量一下！”三个和尚你瞅我，我瞅你，老虎吃天没处下爪。这才给财东回话，说他们愿去做媒人，把小姑娘说给小孙子为妻。

因为这三个媒人拿着“六证”说成了亲事，从此有了“三媒六证”这个规程。

讲述者：乔会智　男　54岁　合阳县甘井乡万年村农民　小学
采录者：梁浩秋　男　59岁　合阳县文化馆干部　小学
采录时间：1981年12月
采录地点：合阳县万年村

顶盖头

娶媳妇嫁女时新娘子头上为啥要顶盖头？岐山民间有个说法。

唐代有个大将罗刚，在北征途中遇见了一员女将叫杜王路公主。这位女将身怀绝技，武功高强，曾经杀死了罗刚的弟弟罗仁。罗刚正要寻机为弟报仇，没想到在此遇到杜王路公主，他顿时满脸杀气，和杜王路公主打了起来。可是只战了几个回合，就被杜王路公主擒住了。杜王路公主把罗刚擒去，既不杀，也不放，却提出要和罗刚结为百年之好。罗刚身不由己，只得答应，并发誓不计前仇，决不反悔。他们成婚后，杜王路公主跟着罗刚降了大唐。可回到大唐后，罗刚却背信弃义，杀死了杜王路公主。这事被唐太宗李世民知道了，下令不许罗刚一生再婚。

罗刚的表叔父程咬金眼看罗家就要断绝香火，心里非常着急，就给唐王说情，把他朋友的女儿李小姐说给了罗刚。这位小姐生得满头秃疮，十分丑陋，在结婚的那天，程咬金怕罗刚见了不同意，就叫人在李小姐头上盖了一块红布，以遮其丑。新娘新郎拜过堂后，回到洞房。当新郎揭开新娘头上的红布时，新娘却是一位十分美丽、端庄的姑娘，头上没有半点秃疮。

因此，后人们往往在娶嫁时给新娘头上盖一块红布，以抛丑取美。

这就是顶盖头的由来。

讲述者：鲁满儿　女　41岁　岐山县蒲村乡农民　小学
采录者：傅勤仙　女　45岁　岐山县青化乡农民　初中
采录时间：1988年
采录地点：岐山县

姑娘坐轿的来历

从前有位县太爷，打轿出巡，一路观花赏景，不觉来到一个山庄，只见村子里香烟缭绕，又吹又打，很是热闹。县太爷不知村子里在干什么，便朝这个村子走来，想了解一下民情。

原来，村中有一位姑娘出嫁，鞭炮声中，新娘到了村外，恰与县官相碰。送亲的人不知道这是县太爷，见了也不避让。按说县太爷应定对方“冲轿”之罪，可是这位县太爷碰上喜事心情高兴，便决定不加追究。他派人上前打问，差役回说：“是一位姑娘出嫁，并听说还是一位才女！”县太爷一听，拈须撩袍，走出轿来，对送亲的人说道：“本县今日出巡，体察民情，巧遇姑娘百年之喜。看这姑娘二八年华，聪明可爱，‘冲轿’之罪暂且不提。本县今日出副对子成全姑娘，倘若对得上，坐本县轿子走，对不上可要治罪了！”姑娘答道：“既然县太爷有此雅兴，小女子情愿领教。”县太爷听了低头说：“好！开大山，碎小石，修拱桥，铺平路，川南川北。”只见这姑娘稍一思索，便抬头对道：“砍弯竹，破直篾，挽圆箍，打扁桶，装东装西。”县太爷见这女子能对出这样好的对子，果然是才女。于是，便真的请姑娘上轿，姑娘也不推托。就这样，这姑娘坐上官轿，县太爷只好步行回府。众人问老爷：“这是为啥子呀？”县太爷说：“姑娘一辈子就坐这么一回轿，我天天坐，让一天不妨事，但愿天下姑娘多一些才女。”

从此，凡姑娘出嫁都要坐轿子。久而久之便相沿成习。

讲述者：唐科英　男　54岁　宁强县大长沟乡农民　不识字
采录者：高清怀　男　28岁　宁强县文化馆干部　大学
采录时间：1986年12月
采录地点：宁强县大长沟乡

“婆娘”的来历

有个姑娘名叫“花花”，十五岁就嫁了人。丈夫叫琼柯，比花花大两岁，爱惹是生非，花花管他不下。

花花的婆婆是个很有家法的人，因丈夫死得早，这个家就由她来管。儿子琼柯经常和人打架，只要婆婆一听到，便头顶一条白手巾，拄上龙头拐杖，走出家门。琼柯是个孝子，一见娘出来了，就不打架了，走到自家门口，跪倒在娘的脚下。娘不说起来，他一动也不敢动，一直跪着。

一年后，花花的婆婆得了伤寒病，看不好，花花十分煎熬，整天愁眉不展。她担心婆婆死后，有谁能管下她那爱惹是生非的丈夫。

一天，丈夫出外担水，又和别人为争先后打了起来。花花知道后，赶紧来喊婆婆。婆婆病重，不能起床，便拿出一条白手巾，又把靠在床边的龙头拐杖递给花花说："你顶巾拄拐，站在门口就对了。"花花依言照办，琼柯一看，果然不打架了，走过来跪在花花脚下。

人们说花花"婆婆叫装娘，吓住丈夫郎"，从此再没人叫她的名字了，都叫她"婆娘"。后来，把妇女叫"婆娘"的称呼便流传起来。

讲述者：樊增瑞　男　79岁　韩城市龙亭镇城北村农民　小学
采录者：杜文斌　男　34岁　韩城市文化馆干部　高中
采录时间：1987年
采录地点：韩城市龙亭镇城北村

戴镯子

陕北妇女讲究戴镯子。

古时候，一户人家有两个媳妇。大媳妇光景虽好，但对老人不孝敬，村里人都看不惯。二媳妇虽穷，但对老人很孝敬，宁可自己节衣缩食，也要让老人吃好穿好。

一次，害病的婆婆一心想吃枣儿焖饭，二媳妇翻来倒去才在囤底扫了半碗米，可没枣怎么办呢？正在发愁时，见路边狗屎堆里有十来颗枣，她背着人捡回来，水里洗了七遍，做了枣儿焖饭给婆婆吃。又有一次，婆婆想吃肉，二媳妇没钱买肉就忍痛在自己胳膊上剜了一块肉，给婆婆做着吃了。

时隔不久，突然，吼雷打闪，震得二媳妇家的门窗咔嚓咔嚓响。怕得二媳妇对婆婆说："不得了啦，我做了亏心事，可能是雷殛我来了！"婆婆问她做了啥亏心事？二媳妇便把给婆婆做枣儿焖饭的经过说了一遍。婆婆说："那是你做了好事，雷不会殛你，不信你把手伸出去看有什么动静？"二媳妇就照婆婆的话把手伸出窗外。她猛觉得胳膊很重，收回一看，胳膊上套了一串金银镯子。

这事被大媳妇知道了，她也照着去做。一天，她对婆婆说："妈，您想吃枣儿焖饭不？"婆婆听到这话，心里一热，满口答道："想吃！"大媳妇把家里的枣舀了一升给狗吃了，由于求财心切，等不得狗拉屎，便拿根棍子打得狗满山跑，吓得狗拉了一堆屎。她赶忙在狗屎中捡了几颗红枣，也没洗就给婆婆做了一碗枣儿焖饭。第二天，她又问婆婆："妈，您想吃肉不？"婆婆心想：大媳妇也知道孝顺我了！就高兴地说："想吃。"大媳妇犯愁了，舍不得割自己身上的肉，思来想去，便在自己的脚后跟上削了些死皮，做着给婆婆吃了。当天夜里吼雷打闪，大媳妇满以为是雷神给她送金银镯子来了，就把两只手同时伸出窗外，没想到竟被雷神爷爷给劈死了。

从此，女人胳膊上戴金银镯子的习俗就流传下来了。传说，戴金银镯子既可避雷殛，又可表示孝顺，不管穷人还是富人，出嫁女儿时都要陪一对或金或银的镯子，上轿前一定要戴在手腕上。久而久之，镯子就成了妇女的装饰品，大家都喜欢戴它。

讲述者：冯积义　男　79 岁　清涧县冯家渠村退休教师　初中
采录者：惠共和　男　33 岁　清涧县公安局干部　高中
采录时间：1987 年 6 月
采录地点：清涧县冯家渠村

戴银镯子

有一家子，只有一个婆婆和一个媳妇过日子。婆婆老了，活得有今儿没明儿的。媳妇年纪轻轻就守了寡，婆婆劝她几次也不愿走，一心一意要给婆婆养老送终。媳妇是个孝顺、贤惠的人，自个儿吃糠咽菜，好吃的硬是让给婆婆。说是好吃的，也不过是些玉米糁糁呀，小米稀饭呀，好不到哪里去。

隔壁有个大户人家，见婆媳俩的日子难混，就让媳妇去他家帮工，吃过喝过还给几个工钱。媳妇和婆婆一商量，就去了。

媳妇到大户人家以后，每天也不过是做三顿饭。大户人家家底厚，人也好，自家人吃啥饭，让帮工的媳妇也跟着吃啥饭。媳妇老是吃不下去，心想：要是让婆婆一天三顿也能吃上点细面就好了。有一天，媳妇看到做饭时手粘的面不少，洗了也就糟蹋了。心想，要是顿顿饭后回家洗手，不是还能用洗下来的面水给婆婆烧一碗拌汤喝。从此，每给人家做好饭，就回家，用洗下的面水给婆婆烧拌汤，再放点野菜，婆婆还真吃得挺香的。日子长了，婆婆的脸上换了颜色，媳妇喜得眼泪汪汪的。

这一年七月，大户人家给当家的做生日，鸡呀鱼呀的摆了一桌子。主人家请帮工的媳妇和他们一块儿入席。帮工的媳妇见主人一片诚心，也没有推辞。席间，她喝了几口酒，夹了几筷子青菜吃，鸡肉鱼肉没舍得吃，夹来放在一个小碟子里，给婆婆端了回去。因为高兴，心又急，刚走到门口，被门槛绊了一跤，碟子掉在了地上，肉片片都粘上了土。媳妇气得想哭，恨自己不小心。她忙把肉夹了起来、用清水洗净，放些调料又一炒，婆婆吃后，香得直咂嘴。就在这天晚上，婆婆受了点凉，闹起了肚子，又吐又拉。媳妇赶紧请来个看病的先生，吃药扎针，不多时就好了，安安稳稳地睡觉了。半夜，忽地一阵狂风，接着就是咔嚓咔嚓的雷声。媳妇从梦里惊醒过来，打开窗子朝外一瞅，那雷鸣闪电就在自己的窗外，一声比一声紧，一声比一声大，眨眼个工夫，猛雨像盆子往下倒！媳妇忙跪在炕上乞求着："雷神呀雷神，你千万走远些，我那婆婆才睡着，可不要惊动她老人家呀！"雷电不但没有消失，而且越来越厉害了。媳妇想：不对呀，这雷神爷是冲我而来的，我把人家的白面粘回家给婆婆烧拌汤，又把掉在地上的肉给婆婆吃，都是我的罪过呀，让雷神把我这双手殛了去！想到这里，媳妇把手伸出窗外，哭着说："雷神呀雷神，你可怜可怜我婆婆吧！她没有罪呀，都是我这双手做了瞎事，你就惩罚我吧！"话音刚落，只见窗外一道闪光，一声炸雷。媳妇感到手腕上一阵麻木，还以为雷神把她的双手劈掉了，胳膊弯回来一看，双手好好的，只是在手腕上多了一双明晃晃的银镯子。

原来，雷神见媳妇孝顺贤惠，有意给她一对银镯。打那以后，民间在给儿子订媳妇时，都少不了一对银镯子，盼姑娘过门后当个好媳妇。

讲述者：赵　叶　女　42岁　西安市水流乡农民　初中
采录者：周红霞　女　44岁　西安市灞桥区农民　初中
采录时间：1988年6月30日
采录地点：西安市灞桥区文化馆

项圈、龙头锁与马甲

关中农村中，常常看到大人穿马甲，小娃娃脖子上戴项圈，项圈上吊一把长命锁，锁上的图案都是龙头花纹。这是个啥讲究呢？听老人说，这风俗是从清朝乾隆当皇帝后兴起的。

乾隆当了皇帝后，大兴土木，建造宫殿。不料，中途木料不够用了，怎么办？为了早日完工，他没召集大臣商议，就自作主张，叫人把十三陵上的几株参天大树砍伐了。这事被大臣刘墉知道了，觉得皇上做得欠妥，便上殿去见乾隆。

乾隆一见他便问："刘爱卿，找我有什么事呀？"刘墉奏道："皇上，有人出主意砍伐皇陵大树，不知该当何罪？"乾隆听了，没有介意，顺口答道："当斩！"刘墉接着说："皇上命人砍伐十三陵上的大树，又该咋办？"乾隆听了，事关自己，一时沉默，无言可答，又没法挽回面子，便沉着脸问刘墉："刘爱卿，依你看呢？"刘墉道："国有国法，家有家规，皇上命人砍了皇陵树，当然也要治罪。"乾隆听了生气地反问："难道刘爱卿要斩我吗？"刘墉笑着说："皇上虽说犯罪，但知而认错，罪减一半，应从轻发落。"乾隆问："怎个发落？""依我看，可发配江南，一则以正国法，二则可让百姓传颂皇上体察民情、顺应民心，三则御驾南巡，还可亲览名山大川，是件赏心悦目的大好事，不知圣上意下如何？"

几句话把乾隆说的蛮高兴，他连连点头道："好，好！出巡江南的事，就由刘爱卿安排吧。"

据说，刘墉曾先后抓了乾隆皇帝三件错事，并"发配"他三下江南；还将这三件错事公布全国，让百姓知道。百姓知道了，就兴起了替皇上穿罪衣的事来，当时罪衣的式样是大人穿马甲，小男孩戴项圈、挂龙头锁，小女孩穿红衣。如今女孩喜爱穿红衣，农村大人穿马甲的事还常见，这就是民间传说的“皇上犯法，百姓服刑”。

讲述者：郑生敏　男　52 岁　临潼县雨金镇农民　小学
采录者：任复业　男　42 岁　临潼县电影公司放映员　大专
采录时间：1983 年 2 月
采录地点：临潼县雨金镇

夹肉包

陕南的大部分地区，每逢结婚办酒席，主人都要给来坐席的每人一张荷叶和皮纸，让他们把桌上吃不了的肉菜包起来带回家去。人们称这为“夹肉包”。据说这还是由张骞引起来的。

西汉时期，张骞奉命出使西域。十几年间两次往返，和西域各国结为好友。汉武帝十分赏识，封张骞为“博望侯”，并且在御花园设宴招待。酒至半酣，汉武帝忽然发现张骞低着头，面有愁色。便问：“爱卿，有心事吗？为何愁眉不展？”张骞听到皇帝发问，不敢隐瞒，只得以实相告说：“臣蒙万岁施恩，在王宫里享受美味佳肴，好不快乐。可我想起家中老母，不知她现在怎样过活呢？”汉武帝一听，深表同情。他想了一下，马上传旨：“来啊，将这桌子上的肉菜，取些送回张爱卿府中，让老太太享用。”可当时张骞的家远在城固，肉菜不便携带。张骞一看御花园池塘有荷叶正好用来包肉菜，便摘下一张包好食物，交差人送走。差人乘马星夜兼程赶到城固，一踏进府门便喊张骞的母亲：“老夫人，你儿子从皇宫里给你捎夹肉包来了。”老夫人把夹肉包打开，发现里面的菜肴还没凉呢。事过之后，人们纷纷赞扬张骞的为人，一时成为美谈。

从此，在外吃酒席的人，总爱带些肉菜回家孝敬老人，一代传一代，遂成风俗。

讲述者：陈庆山　男　65岁　汉中市农民　小学
采录者：唐俊义　男　28岁　汉中市文化馆干部　高中
采录时间：1987年5月
采录地点：汉中市内

凤翔的“孝子席”

凤翔一带逢红白喜事来客坐席，先饮酒上菜，叫“上套数”。等套数上完后再摆十大碗，同时上馍，叫“上大饭”。大饭上齐后，主家便劝客人，或同席互劝：“给家里他爷他婆夹些菜。”于是凡家有老人者便掰开几个馍，每样夹些合起放在一边，席散后用手绢或主人发的麻纸包着带回家。有些外地人不了解这种习俗，常笑凤翔人吝啬，吃不了还要兜着走，他们不知，这个习俗还有个小小的来历。

据传，从前有位新到凤翔上任的知府，到任不久，城南庄有位名门绅士发来请帖，儿子婚娶，待客三天，请知府大人光临。知府在宴席上，看到五颜六色的菜肴惊叹不已，喝一盅西凤酒，吃几口新上的鲜活菜，只觉得满口溢香。

不知怎的，知府吃着吃着筷头就慢了，不管谁来敬酒劝菜他都一概拒之：“诸位请便。”弄得陪坐者很难堪。主家也纳闷，是招待失了礼数，还是酒菜不合口味？思前想后总摸不着原因。

原来这位新任知府幼年丧父，家境贫寒，全靠母亲给人缝补浆洗，纺线织布将他抚养成人。今日赴宴，不觉想起昔日吃糠咽菜的情景来，特别想起母亲终生辛劳，不要说坐席，连席面上这些东西见都未见过，免不了心中怏怏不乐，筷头也就慢了。当饭上齐后，他看到白花花的馍，忽而心想：给他老人家拿几个馍，夹些肉菜，尝尝凤翔的席面，也不枉随我到凤翔来过一场。怎么拿呢？直说吧，难为情，一个知府给母亲要馍吃，让人知道岂不耻笑？正在这时，只听席口主持人喊道：“新郎新娘到席向客人致谢！”闻声，全席人的目光都朝席口望去。知府想，这是个良机，便掰开两个馍，匆匆夹了几样菜，揣进怀中，席散后乘轿回衙，带给了老母。

不料这事让帮主家办事的一位客人瞅见了。知府走后，他将此事告于主人，主人得到启发。

第二天席一开，照常上套数。等大饭上齐后，主人吩咐给每位来客发一张麻纸，大家不解其意。这时主人说："诸位，昨日知府大人光临寒舍，临走时带了几个馍去孝敬家中老母，我甚觉惭愧，竟未早做准备。今日，诸位甭嫌菜味薄淡，请带些馍菜孝敬家中老人，也算我的一点情意。"客人听后都赞叹知府是位大孝子，也盛赞主家的情意，人人照办。

这事一下传遍了凤翔府地，以后设宴待客者纷纷仿效，久而久之便成了一种风俗。有人给这种习俗起了一个美名，叫"凤翔孝子席"，至今犹存。

讲述者：王子孝　男　49 岁　凤翔县农民　初中
采录者：王志恒　男　42 岁　凤翔县文化干部　高中
采录时间：1985 年
采录地点：凤翔县

咸菜做嫁妆

陕南大巴山区，有一个古老的习俗，就是每逢女儿出嫁时，做父母的总是要给女儿陪嫁上一坛咸菜，作为珍贵的嫁妆，由送亲的抬到男家。新郎家的乡邻们闹洞房的时候，新娘就从坛子里取出长长的、黄黄的、喷香的咸菜，

一一送给乡邻们品尝，这使得新婚之夜别有风趣。关于长咸菜的来历，民间流传着这样一个动人的故事。

传说很久很久以前，溓水上游的一座高山下，居住着一对勤劳的夫妇，他们有一个十五岁的女儿名叫春香。有一年秋天，连日暴雨，山洪涌入溓河，冲垮河堤，淹没了沿岸的许多村庄。这时，这对夫妇连同自己的女儿，都淹在了水里，眼看就要被洪水吞没了。正在这危难之际，这对夫妇忽然发现了一只装粮的大黄桶，赶紧把春香放进了黄桶，而他们却被洪水卷走了。

春香蹲在大黄桶里，在洪水里漂呀漂呀。忽然，从远处划来一只小渔船，划船的是一老一少，他们把春香救下来，收做养女。春香流落到渔家后，渔家老两口十分疼爱她。转眼几年过去了，春香长成水灵灵的大姑娘，就和老两口的儿子成婚了。

一年后，春香生下一女，取名丽丽，长得白白胖胖。一家祖孙三代，十分和睦。谁知天有不测风云，老渔翁因冲撞渔霸吃了官司，被关进监牢死去。老伴儿一气之下，得了重病卧床不起。春香忙前忙后，尽心服侍婆婆。她为了让婆婆吃到青菜，整日在菜园忙活。为保护青菜过冬，不让青菜发黄腐烂，春香把青菜洗净晾干，然后用盐抹了，再用棕树叶捆成一把一把的，装在坛子里。过了七七四十九天，从坛子里把菜掏出来，一股香味扑鼻而来，婆婆一尝，很好吃，连夸春香是孝顺媳妇。

春香做成了长咸菜，一传十，十传百，乡亲们都跑来看稀罕，学手艺。从此，做长咸菜的人越来越多。长咸菜就成了人们最喜欢吃的储存菜。

转眼十多年过去了，丽丽长成了大姑娘。春香在她出嫁前，特意精心地给女儿做了一坛长咸菜作为陪嫁品。让女儿到了婆家，要孝敬婆婆，让婆婆一年四季能吃上青菜，所以青菜也叫“亲菜”。

打此往后，大巴山的农户人家出嫁女儿，做父母的都学着春香那样，做上一坛长咸菜作陪嫁品。这个乡俗，一代一代流传至今。

讲述者：孙雪亚　男　58岁　南郑县周家坪乡干部　高中
采录者：张海生　男　40岁　南郑县文教局干部　高中
采录时间：1983年3月
采录地点：南郑县周家坪乡

“上青下白”的喜筵

安康城里，每逢喜筵，要摆八个菜，上搁一盘为青色，下放一碟为白色。

据说，很久以前，金州城外来了个教书先生，能说会道，颇有心计。一天早上，他见一个学生拿块月饼，于是灵机一动，招手说：“过来!”学生急忙近前。先生问：“近日讲的课，你懂是不懂?”学生赶紧回答：“学生一时还不甚明白。”于是，先生便手指月饼说声：“拿来!”学生恭恭敬敬递上月饼。那先生清了清嗓子道：“自盘古开天辟地以来，三才者，人上为天，人下为地，此乃上分下离。”说罢用刀把月饼一切为二。“春夏秋冬，循环运转，是为四时。”又将月饼划作四份。“四时分八节，为立春、春分、立夏、夏至、立秋、秋分、立冬、冬至。”再将月饼分成八份。

“炎帝黄帝合居中原，建立华夏；唐尧禹舜拱手礼拜，逊让王位。后来大禹辅助舜帝治水有功，舜让帝位给禹，称国号为夏。夏禹以后父子相传，天下便为一家所有。四百年后传到桀，夏桀暴虐，被成汤灭之。”说到此处，先生拿一份月饼，朝嘴里一丢，吃了。

“成汤诛伐夏桀，改国号为商。传位六百载至商纣王。纣无道，被周武王诛灭。”说罢，又吃一份。

“商纣王丢失天下，武王改国号为周。周朝天下最是长久，传位八百年。其实在周平王自镐京迁都洛阳后，周天子的纲纪、法度便已崩溃，实际已名存实亡了。”先生再吃一份。

“自此春秋开始，到战国结束，先是五霸争强，接着七雄称霸。各国诸侯合纵连横，大动干戈。你吃他。”吃一份。

“我吃你。”吃一份。

“大鱼吃小鱼。”吃一份。

“小鱼吃沙泥。”吃一份。

“沙泥吃淤泥。”吃一份。

八份吃完，只见先生“啪”的一声猛拍书案，震出缝隙间的碎屑、芝麻，右手在桌面一扫，左手接住，脖子一仰往口中一倒，说：“秦始皇席卷天下，并吞六国。”

俗话说：“话越捎越多。”过了没几天，满城人纷纷传说，添油加醋，都知道先生嘴馋好吃！

转眼中秋节到了。那个学生触景生情，便把这事当做笑话说与家人；他父亲听完，板着脸说道：“先生以吃食讲古，实在是教学有方，岂可胡言乱语，作践先生嘴馋好吃！”随即吩咐儿子：“明日中秋佳节，快请先生来家吃饭！”

酒席上，父亲特意摆下四荤四素八个围碟，上搁一盘青色菜，下放一碟白色菜。这上青下白的摆法，寓先生做人清白。传说安康城酒席宴的摆法，由此而来。

讲述者：龚玉顺　男　69岁　安康市厨师　小学
采录者：许　松　男　52岁　安康市文化馆干部　高中
采录时间：1982年4月
采录地点：安康市内

毛旦祭祖改清明

清明祭祖上坟是咱中国人的老规矩。可是泾阳县大堡子、小堡子和金田峪三个村，都是在清明节前两天祭祖上坟。据老年人说，这是大堡子村里早先一个唱戏的叫田毛旦的遗留下的。

封建社会，唱戏人的社会地位低贱，俗规不允许祭祖坟。

大堡子田姓过去是村上几个大户族之一。毛旦家贫，在田家户里，白天逛到谁家吃谁的。晚上哪一家的长工爱唱戏就去那家的马房找睡处。为了听长工唱戏，常常替长工添草饮牲口。

有一年二月二，村上古会唱大戏。会毕，毛旦就跟着戏班子走了。田家族里认为户里出了“戏子”，丧了祖先的德行。

这年清明节前几天，毛旦回到家里，准备清明那天与同族人祭坟，可是，却被族长拒绝了。毛旦只好在清明节的前两天悄悄在自己父母的坟上添了土，烧了纸，直接从坟地返回了长安城。

毛旦唱旦角，不到二十岁就在省城里唱红了。有一年，新上任的巡抚派人把毛旦请到巡抚府去唱戏。毛旦化妆出场，一出戏还没唱过半，巡抚的母亲就哭的不行了。这可吓坏了巡抚和眷奴，都忙问老太太为何事伤心。巡抚母亲边指边哭：“我看到这个娃，就想起我那死去的女儿。你看他的相貌、衣着、声腔语调，起坐都和我那女儿一模一样。”经母亲这一说，巡抚仔细观察，果真和妹妹一点不差。

戏罢，毛旦被请到巡抚眷宅。巡抚的母亲一把拉住毛旦：“好亲旦旦娃哟！”毛旦被老人认作了干儿子，巡抚也就成了毛旦的干哥。

从此以后，毛旦每隔几天，就要去看干妈一趟，唱一段戏安慰安慰老人家，不久巡抚的母亲又把娘家的亲侄女许配毛旦为妻，结婚以后都住在巡抚的眷宅里。

有一年，大堡子和金田峪为了泾河沿岸二十亩官地动了官司，从泾阳打到省城，拖了将近一年都未能结案。原告、被告两方十个人住在省城候审，直到麦黄开镰还不敢离开，都为收麦碾场焦急不安。有一天，大堡子一个老乡在街上碰上毛旦，毛旦惊奇地问他有啥要紧事，收麦大忙天来省城？那人连连告苦，说明缘由。毛旦安慰说：“我回去给巡抚说，明天都让你们回去收麦。”

第二天早晨，巡抚府果真传案。双方到了巡抚府，既没有击鼓升堂，也没有跪听受审，而是把双方都传进巡抚府的后厅，让他们坐下，详细问明缘由，最后巡抚比长比短劝说双方和解了官司。

这一下子，毛旦的名气在家乡迅速传开，越传越神了，还编起了歌谣：“毛旦唱戏红了长安城，巡抚和他结了干弟兄。没中进士胜进士，没做县官比县官还能行。田家坟里风脉旺，毛旦成了长安的二皇上……”

快到清明节了，毛旦提前回到村里，准备在清明节前两天祭祖坟，户族中男女老少却一致要求毛旦随同他们祭祖坟。于是分别禀报牌头①和甲头②，甲头说：“行低艺不低，巡抚都认干兄弟。行行出状元，允许唱戏的把坟祭。”

---

① 牌头：管理十户人家的头目。
② 甲头：管理百户人家的头目。

毛旦回乡时在巡抚府里许定了返期，不能等到清明节那天。甲头令全甲三个村诸姓一律提前两天过清明祭祖坟。

从那以后，毛旦故乡的三个毗邻村庄就留下了清明节提前祭祖的规矩。

讲述者：孙文忠　男　67 岁　泾阳县蒋刘乡农民　小学
采录者：孙文艺　男　58 岁　泾阳县蒋刘乡教师　初中
采录时间：1987 年
采录地点：泾阳县蒋刘乡大堡子村

倒背手

关中人有个习惯，走路时总喜欢背着双手。传说这是尊祖之俗。要知道这个风俗的来由，得从秦始皇说起。

那年秦始皇修陵墓，人手不够，丞相李斯说，山西人稠，不妨征集一些来当土工。秦始皇准奏，便发兵山西征集民夫。

秦兵到了山西，住在大槐树村。人们见秦兵来了，都吓跑了。不久，见秦军贴出告示，原来是来征民夫的，又见布告明言，凡大槐树村四周三里内住户不征。人们便纷纷搬到大槐树村四周三里之内，谁也没料到这正是秦军征夫的计策。

一天，秦军突然撤出大槐树村。当人们正为此高兴时，没料想秦兵在三里外设了个包围圈，把所有精壮劳力一齐抓起来反绑了双手，征往骊山脚下修造陵墓。当时，不少人家见亲人被征走，便追踪而来，秦始皇怕影响筑陵工程，便令秦军将凡来秦地的山西人一律杀死。李斯听后忙阻止说："我主不必如此，来者让他们安家落户，开垦渭河两岸荒田，也可为国交税，此乃富国之道。"秦始皇听言便下了一道圣旨，让山西移民在关中地方各自落户，开荒种田。

陵墓将造成，一些民夫回家团圆了。但人们没有忘记双手被绑离家的情景，因而走路时常常思念祖先，就背手行走。这个倒背手的习俗就这样传了下来。

讲述者：朱明丛　男　50岁　临潼县任留乡林家村农民　不识字
采录者：林　宏　男　38岁　临潼县任留乡农民　初中
采录时间：1979年
采录地点：临潼县林家村

紧腰带

每到冬天，关中的农民都喜欢紧一条腰带。这种腰带是用白布做成的，常常紧在棉衣外边。

传说从前有个老汉，养了三个女孩。大女儿嫁给了一个铁匠，二女儿嫁给了一个木匠，三女儿嫁给了一个庄稼汉。

有一年种完麦，老汉把三个女婿都叫来，让他们借农闲出门去干点杂活，挣点钱回来过个红火年。三个女婿一听这是好事，商量第二天早晨一块儿出去，搭伙干活，工钱平分。

第二天，三女婿按约去叫二女婿。可一问，二女婿天未明就走了。三女婿又去找大女婿，大女婿也早早一个人走了。三女婿心想：两个哥都有手艺，恐怕和自己搭帮吃了亏，只好自个儿去找门路。

大女婿出外给一家人打铁，一次火钳子没夹牢烧红的铁块，掉在了脚面上，把脚烧的不能动了。临到腊月回家时也没挣下钱，幸亏主人心肠软，见他可怜巴巴，才给了一些钱，打发他回家过年。

二女婿给人做木工活，一时大意，把门扇的转轴锯断了。主人无奈，只得叫他改成桌子面。到了年关，也只拿到了一点钱。

三女婿给一家货场扛包。别人一次扛一包，他一次扛两包。主人高兴，给他开双份工钱，到了回家时，背了一褡裢钱。

三女婿回家时，走累了，就在河岸上歇息。刚坐下来，就见大女婿一拐一跛地过来了。三女婿看见大哥忙把好吃的拿出来，让他吃个够。

他俩吃着说着，三女婿说了挣钱的经过。大女婿觉得自己是个手艺人，挣的钱反而没有他多，心里一时起了邪念。趁三女婿背身拿钱袋时，他拔出小刀，向三女婿的腰上刺了一刀，三女婿疼得昏倒了。大女婿怕尸首被人发现，一脚把三女婿踢下了河。

三女婿还算幸运，河水一激，醒了过来。他见自己后腰受了伤，便掏块布手巾，把水拧干按在伤口上，朝回走。三女婿回到家，妻子见他受伤，忙取来膏药贴上。问起咋受伤的，他只说出门挣了不少钱，回来时遇上强盗，多亏棉衣厚，伤得不太重。妻子怕伤口受冻，就给他扯了丈余白布紧在腰上。一来防寒保暖，二来保护腰杆硬扎。就这样，不觉熬到了过年。

正月初二，是老岳父待客的日子。这天清早，大女婿第一个拿着厚礼去拜年；二女婿虽然没挣下钱，礼也不薄。大女婿夸夸其谈，说他走南闯北如何挣来了大笔钱。正说的得意时，从门外进来两个人，一个是三女儿，一个是三女婿。三女婿和妻子向老人拜罢年，便同客人一起入了席。

老岳父见三女婿腰上紧了一条白布带，便问："贤婿今日拜年，为何这般打扮？"三女婿见问，便说了这条白布带的来历。岳父听了实情，气得抡起拐杖向大女婿打去。三女婿连忙劝阻，说日后能改过就行了。

后来，这事传开了。人们十分敬重三女婿的为人，就仿照他的白布带做起腰带来，而且把这视为本分勤劳的标志。

从此，每当冬天来临，农民总是喜欢紧条腰带，一图暖和，二图腰杆硬扎，干活得劲。这一习俗至今仍流行于关中农民之中。

讲述者：林述全　男　59岁　临潼县任留乡林家村农民　不识字
采录者：林　宏　男　33岁　临潼县任留乡农民　小学
采录时间：1974年8月
采录地点：临潼县周花村

灶王爷为啥贴在墙上

灶王爷叫张奎，鼻子很尖，耳朵也灵，原来是个县官。他当县官时，不理民事，只爱吃喝。鼻子一闻谁家的饭香，耳朵一听谁家做好吃的，便不请自到。开头还是一个人去，后来和夫人一起去，再后来把娃娃和奴仆也带上去，再后来连家里的鸡、猫、狗、猪都带上了。

有一回，张奎带上他的这一杆子到张大巴掌家去吃。

张大巴掌家很穷，好不容易弄了点好吃的，端到桌子上还没动势，他一杆子就来了。张大巴掌想不招待，但怕父母官给自己捏面面土搁事[1]，受不了。有心招待，东西又实在是少得可怜，恐待客不饱反为怨，只好把现有的吃的东西八尺掩一丈，给凑合了个八碗四盘子。谁知张奎大发脾气，说张大巴掌是“有意慢怠父母官”！张大巴掌赶紧给赔不是，好话回了一河滩，张奎一句都听不进去，还说张大巴掌慢怠父母官就是“有意侮慢皇上，要办个大逆不道之罪”！张大巴掌是个火性子人，气恼了，顺手一巴掌扇去，“啪”的一下竟把张奎连同他那一杆子都扇成肉饼贴到墙上去了。

张奎的魂灵不服，跑到玉皇大帝那里告状，玉皇大帝就数说他：“不该光贪图吃喝，叫世人骂你是贪官。”张奎回嘴说：“你让我长个尖鼻子、灵耳朵，不打听好吃喝不闻香气，又不吃喝，人生一世为了啥哩？”玉皇大帝一着气，就说：“那就封你为灶王爷，叫世人把你全家贴到锅台墙上敬奉，叫你永世闻人家锅里的香气，看人家做好吃的。”

所以到现在，民间敬奉灶王爷，就把张奎全家连同猪、鸡、猫、狗用一张纸剪贴在锅灶墙上。

讲述者：王利华　男　52岁　合阳县和家庄乡农民　小学
采录者：梁浩秋　男　59岁　合阳县文化馆干部　小学
采录时间：1981年12月
采录地点：合阳县和家庄乡

---

① 搁事：找岔子。

“喝　　汤”

关中农村把吃晚饭叫“喝汤”。

有一年，皇帝老儿向全国各州摊粮派款，命各州州官带上本州最好的作物入朝礼拜。然后，根据各州作物的优劣，派粮数额定赏赐。

那时，陕西关中一带，十年九旱，颗粒不收，百姓饱受饥饿之苦。关中的州官日思夜想，终于想出了应对之法。

给皇上进礼的日子到了，只见那各地州官个个喜气洋洋地入朝礼拜，进上饱澄澄的麦子，黄灿灿的稻子，红盈盈的高粱……

轮到关中州官进礼了，只见他不慌不忙，把半筐玉米棒抱上去。皇帝老儿一看，“刷”地变了脸色：“大胆州官，今日各州礼拜，都进上顶好的食物，献给寡人。你拿着这么点儿毛草棒子，却是何意?”关中州官说：“陛下不知，这关中土地贫瘠，连年灾荒，五谷不收，众百姓一天才吃两顿饭，晚上只能喝点稀汤。这点棒子，还是为臣费尽心机，挑选来的呢!”

皇上说：“你可知这欺君之罪，要满门抄斩?”关中州官答道：“请陛下明察，若有半点虚假，为臣全家愿共赴阴曹。”事后，皇帝派人来关中暗暗查访。

关中州官早就料到皇帝老儿有这一招，进京时就密令关中百姓，一律把吃晚饭改叫“喝汤”。皇帝派下来的暗探进了关中，一到夜晚，就听人们乱喊：“爷爷，喝汤了!”“哥，喝汤哩!”暗探信以为真，立即禀报了皇上。就这样，关中一带百姓的皇粮减了大半。

从那时起，陕西关中一带的人，都把吃晚饭叫喝汤，一直沿用到了今天。

讲述者：魏桂英　女　62岁　武功县农民　不识字
采录者：郑晨光　男　36岁　咸阳市杨陵区电影公司职工　大专
采录时间：1986年5月
采录地点：武功县

安康人为啥爱吃酸菜

安康民间流传着这么一句俗语："三天不吃酸，走路打蹿蹿[①]。"

① 打蹿蹿：软弱无力，身子摇摆。

大唐末年，黄巢起兵造反，一时三刻，天摇地动，普天下的种田人都揭竿而起，投奔了黄巢。几年后，黄巢自立为王，建立了“大齐”国。可是，唐朝皇帝老儿有权呀，调集全国精兵强将来围剿。由于官府人多势众，黄巢的兵马抵不住，败下来啦。为了逃避官兵的追剿，黄巢带兵来到金州[1]的牛山上暂作休整。黄巢军纪严明，再饿也不抢老百姓的食物。这时，牛山周围的百姓，早已穷得揭不开锅了，地里的红苕还没长大就挖出来吃了，连没长成的萝卜连带着叶子拔出来煮着充饥了。黄巢就是拿上银子也买不来粮食，更何况金州府已封锁了牛山周围十里地盘，周围百姓谁敢走近山边，就会遭乱箭射杀。秋寒已临，弟兄们衣衫单薄，怎么坚守呀！先弄吃的让弟兄们填饱肚子再说。主意一定，黄巢连夜派一队勇猛的弟兄，把山下周围的野菜都挖了抢运上山。第二天晚上，下山挖野菜的兄弟们被官兵发现，勇猛的弟兄们拼死一战，官兵死伤不少，再不敢轻易上前厮杀了。就这样，几个晚上，牛山周围的野菜被挖一空。大家把野菜弄上山后，用泉水洗净，放在一块，黄巢围着菜堆左转三圈右转三圈，想了又想：光靠吃这东西，弟兄们怎能有力量杀出重围？于是他召集大家商议办法：“弟兄们：野菜填不饱肚皮，可也得靠它充饥。不如先把野菜储在一个大坑里，上面盖上树枝防污。再选派精兵良将，下山到大户人家征粮，吃饱了肚子才有力气。休整两日，杀出重围，以免困死在这里。众

① 金州：今陕西安康。

弟兄以为如何?”大家齐声赞同，就按这个法子办了。

不料，下山弄粮的弟兄因寡不敌众，战死在官兵营垒前。大量的官兵又从川鄂赶来攻山。战斗中，黄巢与贴身的将官身先士卒奋力拼杀，勉强冲出重围，最终却也惨死在牛山上。牛山周围的百姓等官兵撤走后，不忍心让黄巢和将士们暴尸荒野，就在山上山下收集他们的尸体一一掩埋起来。当人们在山上看见一个树枝掩盖着的大包时，十分奇怪，揭开枝叶，散发出一阵清香，仔细一看，原来是发黄了的野菜，吃在嘴里酸津津的，别有一番滋味。

后来，人们在山上修建了庙宇，年年都去牛山上祭英灵。人们还学义军的办法腌制酸菜，久而久之，安康人爱吃酸菜的习惯就传下来了。

讲述者：冯成秀　男　70岁　安康市七里沟农民　小学
采录者：赵书鼎　男　37岁　安康市第一文化馆干部　高中
采录时间：1969年5月5日
采录地点：安康市七里沟

太公在此　上梁大吉

民间有个习惯，每逢盖房架梁立木时，都要在大梁正中贴一个写有“太公在此，上梁大吉”的红帖。这是啥意思呢？

相传，姜子牙帮助周武王灭了商纣，成就了兴国大业，被封于齐地，称为齐太公。这时他已是一百五十多岁的人了。天下太平，万民乐业，齐太公请了许多能工巧匠，大兴土木，为自己营造宫室。

工匠中有个张木匠，既巧于设计，又精于造作。他非常敬仰齐太公的功业和为人，便有心为他建造一座最漂亮的宫殿。

张木匠从森林中选择了最好的松柏和紫檀木，还有青黛作为建筑材料。动工之前，又看了黄道吉日，才抡斧破木。

经过七七四十九天，宫墙已经砌好，屋架也已经做成，只等立木架梁了。就在这时，忽然来了个老态龙钟的乞丐，拄一根木棍，端一只破碗，颤巍巍地走来讨饭吃。张木匠见他可怜，便让厨师给老汉一碗饭吃，打发他走。谁知那老汉不是嫌饭稀，就是嫌馍硬，气得厨师一把将他推出门外。那老汉瞪了厨师一眼，又用讨饭棍朝做好的木料上一划拉，冷笑着走了。临到立木前，张木匠突然发现许多木料不是短了，就是卯榫错了，最要紧的是两根宫柱居然有了裂纹，不能用了，这可把张匠人吓坏了。好在姜子牙很信任张木匠，便让他抓紧时间另做。

又过了七七四十九天，又一套宫室的木料做成了。吃了一次亏，张木匠这回特别警惕，并派专人巡视，叮嘱在未立木之前，不许任何人走近。果然一切顺利，没有发生什么意想不到的事。张木匠这才放心地择了个黄道吉日，准备立柱架梁了。就在张木匠指挥着上梁的时候，忽然跑来了一个身穿丧服的年轻女人，她号哭着从木架下穿过。众人还没弄清原委，霎时，只听得噼啪作响，木架起火，大梁滚落，当即死伤许多人，张木匠也带了伤。工程只好又停了下来。姜子牙得知此事，觉得奇怪，看来必有妖孽作祟。

为把事情弄个水落石出，姜子牙命伤好的张木匠把一切准备停当，亲自选择黄道吉日，提前向大小官员放出话来，说是立木架梁之日都要来庆贺。这天，前来恭贺的人确实不少。姜子牙身穿礼袍，站在门口一一相迎，人来人往，好不热闹。正午时分，只见一位年轻女子搀扶着一位衣帽齐整的老人走上前来，向姜子牙贺喜。姜子牙接过礼物，一手抓住老汉，一手攥住女子不放。二人大叫一声："饶命！"大家定睛看时，发现这老汉正是先前那个老乞丐，这女子就是穿孝服的妇人。姜子牙双手把二人死死捏定，口中念念有词，不一会儿，那女人就变成一只九尾狐。这九尾狐正是当年的妖妃妲己，老汉是殷纣王死后的阴魂所化。二人嫉恨姜子牙，就结伙来破坏他的宫室。

姜子牙从身上取出一道符来，那符飞到九尾狐的死尸上，当即燃起大火。接着，姜子牙又发了一道符，让纣王的阴魂变作非人非鬼，非牛非马的东西。

姜子牙治了这两个妖孽，还怕他们为患，便时时前来工地转转，以防万一。终究是年老体衰了，受不得这般劳累，后来姜子牙命人将自己的身形画了出来，挂在工地上，倒也平安无事。

姜子牙画像久挂失传。后来，每当建屋造房，立木架梁的时候，人们便在大梁上横书一句：“太公在此，上梁大吉”来避邪。并常常写上这么一副对联：立柱喜逢黄道日，上梁正遇姜太公。

讲述者：郑宏珍　男　62 岁　武功县教师　中师
采录者：郑晨光　男　38 岁　咸阳市杨陵区电影公司职工　大专
采录时间：1988 年 9 月
采录地点：咸阳市杨陵区

房上立牌位的来历

陕西人盖房子，都要在房顶上立个牌位，写上“姜太公在此”五个字。姜太公的牌位为啥要立到房顶上呢？

传说姜子牙封神，凡是写到封神榜上的人，他都要封。有封大神的，有封小神的，还有封毛毛神的。最后，光剩下一个玉皇大帝的牌位他没封，想留给自己。有个叫张自然的人，是个做饭出身，跟了姜子牙几十年，他听说姜子牙封神，也在姜子牙嘴里讨封来了。姜子牙一见心想：瞎了，把这个人咋漏了，封吧，神位封完了；不封吧，这人给自己做了几十年饭，对不住人家！张自然一看姜子牙心里作难，就直截了当地说：“玉皇大帝这个牌位还空着哩，你就封给我吧。”姜子牙心奸，玉皇大帝的牌位是专门给自己留的，咋能封给他？但这话口黏得说不出来，就说：“我是斩后封神，你实在想封了也行，叫我先把你杀了。”他的意思是一说杀，张自然就害怕了，不会讨封了。谁料张自然却说：“要杀也成，你先封了再杀。”“那为啥？”“你把我杀了不封，我不白死了！”姜子牙一看逼得没路了，只好给他说实话：“玉皇大帝这个牌位有人了。”“是谁？”“自然……”本来他想说“自然是我”，可一句话没说完，张自然赶紧说：“好！”他名叫“自然”，姜子牙嘴里说了个“自然”，口封讨到了，不等姜子牙杀，他就上了天，当了玉皇大帝。天上所有的神都没带肉体，只有玉皇大帝是带肉体的神。姜子牙把神封完了，反倒剩下自己没啥封了，只好坐到房顶上，上不得上去，下不得下来。

后来，人都知道房顶上还有大神没走哩，就在房顶上给他立了个牌位，写上“姜太公在此”几个字，用他压那些小神小鬼，图个吉利。

讲述者：李怀忠　男　33 岁　高陵县委组织部干部　高中
采录者：赵志迅　男　43 岁　高陵县文化馆干部　初中
采录时间：1985 年
采录地点：高陵县文化馆

盖房为啥要给大梁上披红

从前，农民盖房立木时，都要给大梁上披红！

很早以前，有个秀才叫武良新。他上京应试未中，带的盘缠也全部花完。吃饭、住宿都掏不起钱。无奈，他就出了京城，想找个食宿的地方。走出东门，看见城东南角长了一棵大杨树，树干交错，枝叶茂密，就像搭了半亩地大的一座凉棚。武秀才一看，心想：唉，我已是饥饿难忍，无处投奔，倒不如在此歇会儿再说。于是他就靠着大树，半坐半睡，迷迷糊糊进入了梦境。忽然，他听见耳边有人唤他，睁眼一看，啊！原来是一个年方二八的少女站在身边。

这女子问："相公，为何在此歇息？万一受凉……""啊，这位大姐，你家住哪里？姓甚名谁，怎么也到这里？"姑娘答道："我家住东十里铺，母亲早已去世，奴随父以磨豆腐为生。上个月，老父突然患病，不久便死了。奴家无依无靠，仍以挑担给饭铺送豆腐为生。我每天路过此地歇息，今天来这里见你睡着，怕你着凉，所以劝你回家。"武秀才听罢，心里难过地说："我哪有家？投考未中，现在已是穷困潦倒了。"姑娘听罢，便叫他到自己家中先歇息歇息。武秀才答应了，俩人一同向东走去。

从此后，这位秀才就在姑娘家住下了。他除了读书外，还帮姑娘淘豆推磨，闲余时，又教姑娘识几个字。久而久之，俩人慢慢地建立了感情，不长时间就结了婚。婚后，夫妻恩爱，姑娘在家做家务，武秀才出外送豆腐。俩人辛苦劳动，相依为伴，钱也越来越多了，生活过得欢畅幸福。

却说当时的皇帝要修一座宫殿，急需一根很粗很粗的大梁。监修的头目就派了几十个木工到城东砍伐那棵大杨树。他们费了很大的力气，怎么也砍不倒，经常是白天砍了个豁豁，过了夜，第二天又长上了。人们感到奇怪，监工头也不敢再砍了，便把此事呈奏皇上。皇上一听，很生气，决心非用这根杨木做梁不可。当即下了一道旨：谁要是能把这棵树伐倒，不仅赏金五千两，还封为当朝宰相。

这一天，武秀才卖完豆腐，看见人们围在京城门前争相观看皇榜，他也挤了进去。晚上，他把这个消息一字不漏地说给了妻子，妻子听后也没言语。过了几天，在半夜时小两口又谈起伐杨树的奇事，妻子说："这树伐不倒。要伐，有个秘诀：要把杨树伐，需在三月三，时辰不能错，鸡叫头一遍。"

妻子怎么知道砍树的天机呢？原来她不是个孤苦伶仃的少女，而是个树精，就是这棵杨树变的。三月二日，武秀才又挑了豆腐来到京城。他一手将皇榜撕掉，对公差说，他能砍倒这棵大树，公差便把他带到宫内，给他叫了十几名木工，在三月三这天半夜，他就带着木工来砍伐，这棵树果然倒下了。皇上知道后，很是高兴，当面给了金银，封了官职，把一个漂亮的宫女许给他做妾。从此后，武良新就吃酒作乐在朝廷，把家里的事忘得一干二净。

却说木工把那棵大杨树抬回做成大梁，立木那天，说啥也抬不起来。树身像长在地上一样，皇上又为此事发起愁来。一日中午，皇上迷迷糊糊地伏在龙案，忽然有一女子告诉他说："大梁难架实难架，千人万马难抬它；要想大梁架上去，武良新人皮披梁架。"皇上醒后，便叫武良新负责把这个大梁架上去，不然就剥他的皮，武良新费了很大周折，梁还是架不上去，终于被武士们剥了皮。也怪，这张人皮披在杨木梁上，大梁自动腾空而起，稳稳当当地架了上去。

从此以后，人们在盖房时就用兽皮披在大梁上。以后慢慢地演变，披兽皮有些浪费，血淋淋地让人心寒，就改用披些红绸子。后来，又嫌红绸子价贵，干脆扯些红布或买张红纸贴在大梁上。再后来，一些文人还给红布或红纸上题词作诗，以示大吉大利。

讲述者：刘新民　男　53岁　长安县斗门乡农民　小学
采录者：郭永森　男　45岁　长安县斗门乡政府干部　高中
采录时间：1987年
采录地点：长安县斗门乡

泰山石敢当

过去，西乡山区的村头、路口以及各家门首，都要悬挂石敢当的石雕头像。端公“跳坛”也要戴石敢当的木雕面具。

石敢当是什么人呢？民间为何要挂他那张形若虎头、

面目狰狞的头像呢？

据说石敢当原是刘邦手下一员英勇善战、屡建奇功的虎将。他跟随刘邦打天下，起初很受刘邦的重用，后来刘邦听信谗言，怕他功高盖主，便杀了他。

攻下咸阳以后，刘、项为争帝位，各不相让。开始项羽兵强马壮，常打胜仗。有一次，两军对垒，刘邦兵马死伤无数，仓皇逃命。眼看刘邦要被霸王生擒活捉，就在这时，突听“轰隆”一声巨响，山崩石裂，钻出一颗鲜血淋淋的人头。只见它青脸红发，锯齿獠牙，血盆大口中咬着一把锋利的宝剑，射出万道金光，逼得霸王追兵难以睁眼，刘邦这才得以脱险。追兵走后，刘邦问那怪物：“你是谁？为何要搭救我？”怪物答道：“启禀汉王，我就是当年被你杀死的石敢当。虽然你无故将我斩首，但我的忠心却永远不变。我今救你，是为了建立大汉朝的万年基业。”说完，怪物便不见了。

后来，刘邦灭了西楚霸王，实现了统一大业，为了报答石敢当的救命之恩，追封他为泰山王，并令石匠将石敢当雕成石像供奉起来。从此，石敢当就成为了镇魔除妖、驱邪禳灾的大神。世代相传，遂成民间习俗。

讲述者：李世久　男　69岁　西乡县东关正街木工　不识字
采录者：徐邦杰　男　45岁　西乡县文化馆干部　中专
采录时间：1984年7月
采录地点：西乡县城李世久家

贴门神的传说

相传，泾河龙王为了跟太白金星打赌，私改雨簿，触犯了天条，玉帝命天官魏徵监斩。泾河龙王一听，不禁打了个冷战，连忙去找唐太宗李世民，求他设法阻拦魏徵，救自己的性命。

当天夜晚，李世民做了一个梦，梦见泾河龙王前来求情。醒来后，他想只要能拦住魏徵，不让他外出，就能救下龙王。于是，他把魏徵邀来，在宫中一起下棋。谁知棋下到正午时分，魏徵打了个盹儿，醒来后浑身冒汗，连声说道："好杀！好战！"李世民一听，坏了！龙王一定被斩了。一问魏徵，果然如此。当天晚上，李世民刚刚入睡，就见泾河龙王背了一颗血淋淋的龙头，来到他面前，厉声说："唐王，还我头来！"李世民不由得一惊！醒来后，听到宫内到处砖移瓦动，闹腾了一夜。第二天早朝，李世民把这事对徐懋功说了。徐懋功一想，满朝文武，只有敬德、秦琼身高力大，威震朝野，于是建议他们俩人，为皇帝把守宫门。果然，自敬德、秦琼把守宫门后，宫里就平静下来了。

时间一长，李世民感到两位老将夜夜为自己把守宫门，实在太辛苦了，心上过意不去。他就请画师画了敬德、秦琼的画像，挂在宫门两旁，以镇妖驱邪。果然，也很顶用。后来，民间有些人家为祈求家庭平安，每逢春节，也在大门两旁贴上敬德、秦琼的画像，人们都把它叫"门神"。久而久之，就形成了贴门神这一习俗。

讲述者：王振中　男　50 岁　华县白毛南寨村农民　小学
采录者：郭守义　男　58 岁　华阴市文化馆干部　高中
采录时间：1983 年春节
采录地点：华阴市文化馆

围棋的来历

如今的围棋，还是炎帝神农发明创造的呢。

几千年以前，在宝鸡千河、清江河、金河、颜家河这块四水环绕的沃土上，勤劳的族民们常常在捕鱼打猎、垦荒种植的劳动间歇时，喜欢在地上画一个大方框，框内又画上一些小方格，俩人各自拿着土块或树枝往格子里填放，取名叫“填方”或“顶方”；有的把带有标记的木牌堆在一起，叫做“游湖”；有的还在地上画一个框，各用三个有别的“子”玩，叫做“捉老鳖”。

后来，一次神农到姜水河边游玩，发现水中的石子五颜六色，非常漂亮，特别是那白石子，洁白如雪，光滑似玉，那黑石子，油黑发亮，犹如玛瑙。两种石子放一起，更加鲜明醒目，神农拣了许多带回家中，劳动休息的时候，同族民一起玩耍。在玩以前，他根据“填方”的道理，在地上纵横各画九条间隔距离相等的线，形成了八八六十四个方格，并规定一方拿白石子，一方拿黑石子，双方交替向方格中填放。如果一方的子被对方四个子围住，就把被围的子“吃”掉，最后看谁留的子多，多者为胜。后来人又根据这个道理发展、改造，便形成了如今的“围棋”。

讲述者：陈生泰　男　48岁　宝鸡市渭滨区益门中学教师　高中
采录者：张维新　男　46岁　宝鸡市渭滨区干部　初中
　　　　赵家栋　男　38岁　宝鸡市渭滨区干部　初中
采录时间：1986年11月12日
采录地点：宝鸡市渭滨区益门中学

情歌的来源

传说，秦始皇的妹妹秦叔美带着随从到边关游玩，看见民工修筑长城的凄凉景象，顿时生出怜悯之心。她想，如果能有一种什么歌，让民工唱着笑着干活该多好。她回京城后，便写了一些情哥呀，情妹呀，郎呀妻呀的风流歌曲，叫人学着在民工中教唱。这办法还行，民工们唱起情歌，苦中作乐，多少排遣了一些寂寞，加快了修长城的进度。

等秦叔美再次来到长城工地游玩时，一些民工眉开眼笑，哼着酸溜溜的歌，这些歌好唱好听，就是歌词对一个皇家未出阁的公主来说，难以入耳。秦叔美仔细听来，正是自己作的歌，当时感到羞愧万分，悄然回去上吊死了。

后来人们根据秦叔美姓的谐音，把她所编的歌起名叫"情歌"。情歌逐步在民间发展，一直流传到现在。

讲述者：张昌欣　男　78 岁　镇坪县瓦子坪乡金岭村农民　不识字
采录者：龙少青　男　23 岁　镇坪县瓦子坪乡文化站干部　高中
采录时间：1985 年 11 月
采录地点：镇坪县金岭村二组

韩城跑台子戏

当年，司马迁因为替李陵辩护，蒙受奇冤，他的后代为了免受株连，便将“司马”拆开变为两姓：司字加一竖成为同，马字添两点改作冯，所以司马迁的后代不姓“司马”而姓同或冯。韩城的续（徐）村，是司马迁的故乡，

每年清明节，村里的同、冯两姓都要上坟祭祖，为避官家耳目，清明节的晚上才在司马迁的真骨坟前唱上坟戏。

有一年夜里正唱戏时，突然有人报告说，京城派的钦差带着人马直奔续村来了。人们以为给司马迁唱戏的事被发现了，官府来兴师问罪。看戏的、唱戏的都急忙向坡下逃跑，生怕官府知道了司马迁的真坟，又来糟践尸骨。不料跑到坡下一问，才知道是汉宣帝已经继位，批准将《史记》公布于世。这京城来的人就是司马迁的外孙杨恽，他母亲也跟着一同来到夏阳①，一为寻找《史记》正本，也为与分别二十多年的骨肉亲邻相会。等弄清真相后，大家转忧为喜，高兴万分，跑下来的唱戏的在坡下就地搭台，接着又唱。为了纪念这件事，以后在续村形成了清明节唱跑台子戏的风俗。

每年清明，唱戏的先在续村村北法王庙的台子上唱，正唱着，忽然又向村中九郎庙的台子上跑。唱戏的不卸妆，看戏的人也像潮水一样跟着跑，到了那里马上开戏。外村的人远远看着法王庙上灯火辉煌，等跑到跟前却连个影儿也没有了。

讲述者：同玉侠　女　52岁　韩城市嵬东乡农民　小学
采录者：樊仰山　男　72岁　韩城市文化馆退休干部　大学
采录时间：1984年
采录地点：韩城市

① 夏阳：今属陕西韩城。

百姓为啥骂赃官为狗官

有个姓苟的县令，在县衙门前挂了块“明镜高悬”的大匾，炫耀自己为官清正。实际上他是个地地道道的赃官。他家有两个大柜子，一个柜子装着黄灿灿的金子；一个柜子装着白花花的银子，都是从老百姓身上搜刮来的。

苟老爷不光搜刮钱财，看到民间的美女也不放过，千方百计也要抢占到手。

县里有一个姓田的老两口只守着一个小女儿，年方16岁，因生在腊月，就取名腊梅。腊梅长得像画上的美人，谁见了都想多瞅几眼。腊梅心灵聪慧，说话嘴巧得跟八哥儿一样。因此，前来求亲的能踢断门槛。老两口总是不满意，一心要给女儿找个有才有貌的好主儿。

一天，县令坐着八抬大轿下乡，一眼看中了田家的女儿，立刻派他的亲信前去提亲，不料碰了个软钉子。县令就传下话来，不成也得成，成也得成，便张罗手下准备去田家强行迎亲。不料，县衙一帮人去时，老两口领着女儿已星夜逃走了。

县令没有得到田家的女儿，一气之下就病倒了。神医神药也治不好他的病，反而越来越重了。一天，他昏昏沉沉觉得有两个人，手里拿着请帖来请他。他就跟在后边走，来到一个阴森森的地方。县令一阵寒心，这不是阴曹地府吗？到这儿以后，就得先喝“迷魂汤”，喝了“迷魂汤”后就把人世的事都忘了。

一会儿，差役端上来一杯混浊不清的酒。县令想，这就是“迷魂汤”了。差役刚要给他灌时，后堂突然起了火，差役放下酒杯急忙救火去了。县令就趁机把酒倒进了衣袖里，装着已经喝下去的样子。差役救火回来，把他领到了阎王跟前，阎王喝令道：“把害民贼拉下去，给披一张狗皮。”

牛头马面就把县令拉了下去，随手给他披了一张狗皮，眨眼工夫，县令就变成了一条黑狗。县令很恼火，却有口说不出。心想自己是堂堂县令，怎能变成这个模样，还不如死了的好。这一天，主人家三岁的小孩儿正在院里玩耍，这黑狗猛扑上去，咬断了小孩儿的一只胳膊。主人一气之下，一棍打在黑狗的头上。这一下，县令又恍恍惚惚地到了空中，两个夜游神又将他拉到了阴曹地府。阎王一见是他，说："给披一张人皮，到人世还债去。"

牛头马面就又给他披了一张人皮，一个在前边拉，一个在后边推。把他拉扯到一个很远的地方，推进一家门里，这家媳妇正生孩子。县令睁开眼一看，自己变得这么小了，身旁躺着的不是别人，正是前几年自己要抢的田家的女儿腊梅，没奈何也只好叫娘。

因为县令死后变成了狗，变狗之后，还行为不轨，所以，老百姓就把为非作歹的官叫做"狗官"。直到如今，人见了狗以后，唤几声"吆吆吆"它就乖乖地来了；相反的，你若喊一声"狗"它就"嗖"的跑了。据说，那是怕羞的缘故。

讲述者：李文华　男　62岁　西安市灞桥区路家湾村农民　不识字
采录者：赵崇生　男　48岁　西安市灞桥区干部　中专
采录时间：1988年12月28日
采录地点：西安市灞桥区路家湾村

老而有用

每逢年节，家家屋里都喜欢敬奉土地神，这是为什么呢？

相传，古时候有一个皇帝，认为人老了就没用了，就在法律上规定了一条：凡六十岁以上的老人，一律送往深山老林里，自生自灭。不论王侯将相，违者处斩。人们怕被处死，只好把自己的老人送到山里。

有一位宰相，父亲年纪已过六十。他孝敬父母，不忍心抛离老人，就在自己家里挖了个地窖将父亲安顿在里面，一日三餐，亲自照料。

有一年，番国派使节送来一只怪兽，形如老鼠，体大如牛，让皇帝辨认，如若认准了，就归顺纳贡，如有差错，便要分邦割土。皇帝召集满朝文武齐来辨认，没有一个能认出来，只好将这事托给宰相，要他三日内辨认准确，否则就要杀头问斩。宰相回到家里双眉紧锁，闷闷不乐。父亲见儿子心事重重，就问："出了什么事啊?"宰相就把皇帝的旨意及怪兽的性情、形状、大小如实奉告给了父亲。父亲说："儿啊，我听古人说，'有一种犀鼠，形如鼠，大如牛'。俗话说得好，再大的老鼠也怕猫。你把咱家的猫藏在袖筒里暗试一下，就可以弄清楚了。"

宰相把猫藏在袖筒里，悄悄来到放置那只怪兽的地方，猛将袖筒张开。那猫一见怪兽，立刻发出"嗤"的一声，向怪兽扑去。怪兽听到猫声，看到猫气势汹汹的样子，身子立刻蜷缩，向后退了好几步，浑身颤抖。

第二天，宰相朝见皇帝说："此兽名叫犀鼠。"接着讲了辨认的方法。皇帝于是召来番使用猫验证。果然，猫见犀鼠扑咬，犀鼠见猫躲避。番使当场认输。

时隔不久，番邦又派使臣前来，带来一根拐杖。这根拐杖两端粗壮十分均匀，外表用油漆涂刷，制作细密精巧。番邦要皇帝指出拐杖哪头是树的根，哪头是树的梢。皇帝又把宰相召来，让他明日上朝辨认。宰相回家告诉了父亲，父亲说："用尺子将拐杖量准确，在中间系一条细绳。然后把拐杖提起来，是根的一头，木质细密，体重向下沉；是梢的一头，木质疏松，体轻向上翘。这样，就把根和梢辨别出来了。"

宰相根据父亲说的奏禀皇帝。当着番使的面辨认拐杖的根和梢，再一次取得了胜利，致使番邦再不敢轻易冒犯。

宰相的两次辨认引起了皇帝怀疑，皇帝问："爱卿，两次辨认，你都是初次认不出来，回家后，隔日就有办法了。这是什么原因?"宰相见问大惊失色，双膝跪倒说："臣有欺君之罪……"然后将挖窖藏父，经父指教才得辨认之法的经过如实向皇帝讲明。皇帝听了大吃一惊，寻思：人常说"老而无用"，照今日看来，却是"老而有用"啊。于是他当殿下旨，免宰相无罪。并修正法律，提倡尊敬老人，加封老人为"土地神"，坐享晚年幸福。由于宰相的父亲被皇帝迎进了宫里，所以后代称土地神为"中央主"。

讲述者：周永恒　男　80 岁　户县西韩村农民　不识字

采录者：肖纯杰　男　56 岁　户县光明乡西韩村教师　初中

采录时间：1980 年

采录地点：户县西韩村口

衡山佬半夜吃年饭

大年三十，家家户户都要高高兴兴地吃餐“年庚饭”。衡山吃年庚饭与别的地方不同，总是在正月初一天亮以前吃。现在还流传着这样一首民谣：“鸡不叫，狗不咬，半夜吃饭衡山佬。”

相传很早以前，有一穷苦农民，租种了一财东几亩田地，年年交了租子后就得勒紧裤带过日子。这一年，风调雨顺，有了个好收成，农民交了租，一家人还有碗糠菜粥喝。平时省吃俭用，到过年时，米桶里还有够全家吃一餐饱饭的白米。农民上街卖柴，买回了斤把肉，半壶烧酒；孩子下垅捞了几两壮滚滚的冬虾米，老婆子在屋里把公鸡杀了，准备过个热闹年。正当吃年饭时，财东带人逼债来了。历年欠下的租子，谷转钱，利滚利，农民就是赔上命也还不起。可怜这农民，被抢走了闺女，逼死了老婆，只好带着刚满三岁的孩子沿门讨吃，哭诉自己的悲惨遭遇。

从此，衡山一带穷苦人每年过年时，生怕财主上门逼债，都躲在深更半夜吃年饭。日子久了，就成为衡山人的习俗了。

讲述者：朱传俊　男　50 岁　衡东县霞流乡教师　高中
采录者：李晓玲　女　24 岁　衡东县霞流乡文化专干　初中
采录时间：1986 年 7 月
采录地点：衡东县（衡东原属衡山县）霞流乡

团年饭是怎样吃起来的

从前有一个寡老婆婆，她有三个崽：大崽是个做官的，二崽是个读书的，三崽没有做官的本领，又懒得读书，就做生意弄活钱。他们有的想升官，有的想发财，就只不把娘放在心上。老婆婆在三个崽屋里“吃轮供”，每个崽屋里住一个月，回回不到月满，就被赶到别一个崽屋里受气去了。后来，三兄弟一商量，索性让老婆婆一个人分开吃，送点米，别的什么都不管了。老婆婆想起自己苦了一世，丈夫死得早，好不容易才把三个崽拉扯大，如今倒好，崽大了，只顾享福不要娘。她很伤心，但又没法子。

腊月三十那天，三个崽屋里都热热闹闹，准备过年，却没有一个提脚去看老娘的。老婆婆看在眼里，怄在心里，便想了个法子来教训他们。她硬起心肠提起那只生蛋换盐吃的母鸡一刀杀了，用一只大蒸钵炖好，把三个崽都喊来，吃一年的最后一餐饭，开头三个崽都不想来，后来听到有鸡吃，也就都跑来了。刚一上桌，三个人举起筷子就戳。老婆婆用筷子一拦，说："慢点！自从你们成了家，立了业，就没有吃过我的东西了，今天，你们要像小时候一样，让我来分，你们都是我身上掉下来的肉，做娘的决不会偏心！"说着，她夹起鸡脑壳送到大崽碗里，说："这只凤凰头归你吃，吃了它会一品当朝，官（冠）上加官，但是你莫把黎民百姓丢到九霄云外去了！"她又撕下两只翅膀送到二崽碗里，说："你是读书人，吃了翅膀，一定会飞黄腾达，平步青云！不过，莫忘了先师孔圣人的教导，'孝悌为先！'"她再把一对鸡爪子夹到三崽碗里，说："满伢子，你是做生意的，吃了这对抓钱爪，日抓金来夜抓银，但是不要坏了良心，欺贫弃老！"说完，她把蒸钵拖到自己面前，用筷子戳着那炖烂的鸡身子说："老了！

自从你们爹死后，我没头了，飞不起，走不动，就像这只鸡一样，随它一身滚，如今滚一天算一天，滚到哪里算哪里！”说完，长长地叹了一口气，再也不理三个崽，自顾自地吃起来。

三个崽你望着我，我望着你，脸上红一阵白一阵，都晓得娘是借吃鸡在骂自己，不由得一齐跪到娘面前。

从此，三个崽对娘都孝敬起来。以后，每年到了腊月三十这一天，三兄弟就要杀只大公鸡，陪娘一起吃年饭，表示不忘娘的教训。

这个习惯一直流传到现在。每逢旧历年底，家家户户都要摆桌丰盛的酒席，一家人团坐在一起吃晚饭，把最好的菜敬给老人吃。这就叫做吃“团年饭”。

讲述者：欧阳蕊　女　73岁　湘潭市城正街390号　家庭妇女
采录者：刘　星　女　43岁　株洲市教师　大专
采录时间：1985年
采录地点：讲述者家中

过年为什么贴对联放鞭炮

到了过年的时候，为什么家家户户都贴对联，放鞭炮？其实事出有因。

古时有一种名叫年虎的动物，身躯比现在的老虎还粗大，全身是毛，头上两角很锐利，并且力大无穷，能穿山。这种年虎一年三百六十四天睡在洞里，唯独过年这天它就醒来，进村子吃人，因此，到了过年这天，人们就你拉我，我拉你进山去躲避年虎。

这年腊月三十夜，人们都逃走了，只有一个村子的一个老太太拿着长矛守在家门。原来，她儿子去年被年虎吃了，所以，她决心拼掉老命也要和年虎斗一斗，报仇雪恨。

等了一段时间，年虎没来，却来了一个叫花子，他说："老人家，我饿了，你能弄点饭给我吃吗？"老太太一个人在家本来就有点胆寒，见来了一个人，感到很高兴。于是，连忙招呼叫花子坐下，并答应给他煮饭吃。那叫花子坐下后，又问老太婆："村子里怎么就你一个人在家？"老太婆只好把实情说了，叫花子说："这种年虎虽然很凶猛，但很容易驱赶，并且方法简单。"老太婆连忙问："用什么方法呢？"这时，叫花子如此这般地把驱赶年虎的方法告诉了老太婆，说完就走了。

这时，年虎来了，老太婆真的按照叫花子说的办，但找不到红的颜色，她急了，只好拿刀将自己的手指划破，然后，将流出的血擦在门上。果然，那年虎见了红颜色就瞎了眼，痛得直叫，到处乱闯。接着老太婆又按叫花子说的，抱来一大捆生竹子，点燃大火，竹子燃烧时发出噼里啪啦的响声，年虎听到很烦躁，以为是有比自己更凶猛的野兽，急忙掉头逃回山里。

第二天，村上的人都回来了，大家见老太婆还活着，都感到惊奇，问她是不是年虎没有来，于是老太婆把叫花子告诉她怎样驱赶年虎的事说了一遍。

从那以后，每逢过年，人们都按老太婆驱赶年虎的方法办，再也用不着去躲避了。后来，发明了红纸，人们就用红纸代替血，用鞭炮代替了烧竹子。又不知过了多少年，人们创造了对联，既可驱赶年虎，又有新年的喜庆。这种习俗一直传至今日。

讲述者：黄丁文　男　43 岁　新田县冷水井乡黄庆村教师　初中
采录者：黄永梅　女　教师　初中
采录时间：1987 年 1 月 7 日
采录地点：新田县

茶陵小年二十三

茶陵在农历十二月二十三日过小年。这是何解呢？传说这是陈丹书造反后才改在农历二十三日过小年哩。

陈丹书是茶陵岩口人，自小边读书边练武，长大后，文武双全。他常常看到官府催粮催款，抓兵抓夫，硬是看不惯。他想，要是我来当皇帝，一定杀光这些贪官。后来，他躲在岩口洞里打造刀枪，准备起兵造反。

山神老头晓得陈丹书要造反，慌了手脚，托梦给他："你不要冒冒失失造反，你有坐天下的命。"

陈丹书不信这一套，说："谁有本事谁坐天下，皇帝没本事就要让位！"

山神见他铁了心，无可奈何地说："好吧！你要造反要挑个日子。除非你碰到头顶铁帽的人，上树的鲤鱼，灶背长了笋，否则千万不要冒失啊！"

陈丹书怕不听山神的话，真的掉了脑壳，只好耐心地等待，等呀……一直等到农历十二月二十日，他走出岩口洞散心。前面走来一个头顶着铁锅，手提鲤鱼的人，原来这人买了口锅，不好拿，就顶在头上回家去。这人要解大便，顺手把鲤鱼挂在松树上。陈丹书格外高兴，这不是头戴铁帽，鲤鱼上树吗，可是，还得碰到灶背上长笋呀！他等得实在不耐烦了，自己便挖了一蔸冬笋栽到灶背上，算是灶背长笋了。

一切准备好了，他决定在农历十二月二十四，趁官兵过小年的时候起兵造反。为了让大家安安宁宁过个小年，又不耽误造反，他传出一些话，说是山神老爷托了梦给他，今年要在农历二十三日过小年，否则大祸临头，一传十，十传百，传遍了茶陵县。于是老百姓都在农历十二月二十三日过小年了。

农历十二月二十四日，陈丹书起兵造反了，带着义军冲向茶陵城。这时官府衙门还在花天酒地，欢欢喜喜过小年，毫无防备。义军很快攻破了县城。后来，打到安仁、衡阳，声势越闹越大。义军攻打衡阳失败后，退守常宁。义军被官兵打败，陈丹书也被捉。据说，这是陈丹书没听山神爷的话，才落得兵败如山倒的下场。

陈丹书被押到京城后，被皇帝杀了头。他很不服气，死后阴魂不散，一直闹到阎王殿，大吵大闹："皇帝的龙位又没卖给哪个，谁有本事谁坐，我为什么坐不得？"吵得阎王头昏脑涨，只好封他当瘟王，说："好，好，在凡间你没有当皇帝，就让你在阴间当个瘟王吧！"

陈丹书搞不清瘟王是什么王，糊里糊涂地就当了。据说什么地方发瘟，只要敬他的神位，瘟病就会被制伏。

陈丹书虽然失败了，可是老百姓还是很佩服他。为了纪念这位英雄，茶陵从此改农历为十二月二十三日过小年。

讲述者：刘和健　男　63岁　茶陵县严塘井头村退休教师
陈寿仔　男　63岁　茶陵县严塘湾里农民
采录者：刘振祥干部　中师
采录时间：1986年1月7日
采录地点：茶陵严塘尧水乡

过“老鼠年”

农历十一月十一日，罗溪瑶族乡安顺村，雷、蓝两姓瑶族同胞过老鼠年。这一天，家家户户都要准备丰盛的菜肴，与平常不同的是中间必须有一碗老鼠肉。过老鼠年这一天家里不留宿客人，即使是本族的外村人，也只准先一天晚上招待一餐，过老鼠年时不许共餐。

相传明朝永乐年间，雪峰山“长毛造反”。贪官污吏、恶霸地主四处散布谣言，把农民军说成是吃人的魔王，不明真相的人听了信以为真。

洪江与安江之间有个寨头的地方，这里田土好，出产多，住着雷、蓝两姓（瑶族）和向姓等几十户人家。有个姓向的财主想独霸这块地盘，便利用“长毛造反”的谣言，设了一个毒计。一天，他打发长工到外地买回一百多只山羊，夜深人静的时候，在每只羊角上挂个点亮的灯笼，把羊从对面山上赶下来，同时让一些人大喊：“长毛来了！长毛来了！”

雷、蓝两姓的人从梦中惊起。看见满山遍野的灯笼火把，以为真的是“长毛”来了，皆弃家而逃，四散奔走。其中有一雷姓人家和一蓝姓人家，直往雪峰山深处逃奔。第二天傍晚，他来到一处平地、打算停下来歇口气，可是又怕担惊受怕。看看日头还未落岭，一个说：“翁丫[①]，还是跑吧”。这个地方现在就叫“翁丫”，是洞口和黔阳两县交界之地。再说，雷、蓝两户人家一直跑到半夜，才来到一个没有人烟的山冲找了个岩洞落脚。他们松了口气，说：“呱仔[②]安心了”。后来这里就叫安心，现改为安顺。他们奔跑了一天两夜，又累又饿，正愁没有填肚子的东西，突然一只蛮大的山鼠溜进岩洞，于是打死这只老鼠，

① 翁丫：瑶语，即天未黑的意思。
② 呱仔：现在之意。

两家人煮熟吃了。饿了两天，这次吃一餐香喷喷的老鼠肉，就像过了一个年。这一天是农历十一月十一日，此后，雷、蓝两家在这里定居下来，每到这一天都要热热闹闹过“老鼠年”，世代相传，一直延续到现在。

讲述者：蓝本雄　男　瑶族　32岁　农民小学
采录者：蒋子棠　男　干部　大学
采录时间：1986年9月25
采录地点：洞口县

过半年的传说

据说很久以前，本来是有六月六过半年这个节气的。有一年天干，连续几个月没有下雨，洞上河水干涸，田上开拆，田里粮食颗粒无收，山上红薯全部干死。这时候又出现了一种怪病，得上这种病的人上吐下泻，四肢无力，不上一个对时，就眼睛翻白，两脚一伸就见了阎王。大家都称这种病为发瘟。这病来得猛、传得快；李四刚刚埋下张三，王五又被请去抬李四，李四还未下葬，这里王五又走不动了，忙得做棺材的木匠早晚没空，做寿衣的裁缝日夜赶工。最后连做棺材的人都用草席卷着下葬，裁缝师傅穿烂裤子入土。只吓得户户关门，家家闭户，路上连人影也看不到一个。

有个在外地做木工的后生子，听到这个消息，挂心屋里的老婆、孩子，日夜赶路回家。这一天走到半夜，离家还有十多里路，心里想天黑路陡，还是先找个地方歇息一晚，天明再走。看见路边有棵大树，就爬了上去。这时候，只见前面来了一高一矮两个黑影，飞快地向这边走来。木匠见黑影速度特别快，心里有些发毛，不敢作声。只见黑影走到树下坐了下来。一个黑影问道："老兄，你今天生意怎样？"另一个答道："还好，瘟倒七八个。老弟你呢？"先回的一个答道："比你老兄强一点，瘟倒十几个，搞得他们连卷尸的席子都找不到。"木匠仔细听了他们的对话，明白了这两个黑影不是人而是瘟神，吓得索索发抖，连大气都不敢出。这时，又听一个问道："老兄，我们什么时候离开这里？"另一个答道："我看等过了年再走。"一个问："什么时候过年？"另一个答道："我也不知道什么时候过年，反正看到家家户户都穿新衣、放鞭炮，门口贴对联，杀鸡杀鸭，那就是过年了。老弟，我们还是早点赶到前面村子去，等一会鸡叫了。"说完，两个黑影就飞快地走了。

木匠吓得汗毛直竖，出了一身冷汗，再也不敢休息，赶紧溜下树来，一口气跑回村里。第二天，他把路上见到的和听到的讲给村里人听。大家一听都发了愁，现在才六月初，离过年还早得很。瘟神要过了年才走，不知还要死多少人呢！还是木匠聪明，想出了一个主意，给大家一讲，都说这个办法要得，于是大家就分头行动。

六月初六这天刚刚天亮，这一带村子里就响起了鞭炮声，家家户户杀鸡宰鸭，门口都贴上了鲜红的对联，男女老少穿上新衣，青年敲起锣鼓，耍起狮子、草龙，热热闹闹、正正经经过起年来。老人家在路上碰着了，还互相打拱手，道声恭喜发财，就像正月初一过春节一样热闹。

说也奇怪，从这以后，这一带就再也没有死人，连原来已经染上瘟病的也慢慢好了。后来，人们为了不再得瘟病，每年的六月初六这一天都要热闹一番。因为这一天刚好是全年的一半，所以也叫过半年。这个风俗一代一代传了下来，直到今天。

讲述者：乐元成　男　宁远县桐山乡农民　高小
采录者：欧友梅　男　干部　大学
采录时间：1986 年
采录地点：宁远县

坟为啥要挖七尺二寸

文王当西伯侯的时候，姜子牙还不得时，在城里摆了个卦摊，凑合着过日子。

有个叫武吉的孝子，待他妈很孝顺，靠打柴为生。每天担柴，进城去卖，回来换些油米，和他妈一块度日。一天，武吉担了一担柴走到子牙跟前，随便问了一句；“你看我这一担柴能卖多少钱？”子牙掐指一算说：“能卖二百二拾元，一壶酒，两个烧饼，一碗菜。”他担柴进城后，刚好遇见一家商人祝寿，管家把武吉叫去，问他：“你这担柴多少钱？”武吉一思量，姜子牙说能卖二百二十元，我说少一点，便说：“你给二百元。”“喜事，算了，我给你二百二十元。随便再给你一壶酒，两个烧饼，一碗菜。”武吉一听，怪了，跟子牙算的一点不差。

第二天，武吉又担了一担柴，走到子牙跟前说：“再给咱算一卦。”子牙掐指一算说：“你今日要伤人，不要出门。”武吉想，不出门，自己饿肚子不要紧，咋能让家中老人饿肚子？就没听子牙的话，进城去了。走到城门跟前，文王坐轿过来，人都朝两边涌。武吉把扁担在城墙上靠着，人一挤，把扁担挤倒了，正好把文王的一个侍从砸死了。文王叫人把武吉绑起来，在城门外头画了一个圈。古时候画地为牢，算是罚武吉坐牢。武吉对文王说：“我坐牢不要紧，可我家有八十岁的老母，我应该回去交代一下，再来坐牢。”文王念武吉是个孝子，便准许武吉回去。

武吉回家后，把今日的事一说，他妈哭着说：“娃呀，快去请子牙给你想个消灾免祸的办法。他能算出来祸，也可以给你消祸。”武吉跑到子牙跟前，把事情一说，子牙笑了笑说：“不要紧，你回去后，挖个墓，挖七尺二寸，叫你妈给你穿几件新衣服，捞一碗米，给你身上一撒，再给脚底点一盏灯，头上点一盏灯，睡个时对时，起来就没事了。”武吉回去照办了。

文王等了好长时间，没见武吉来，便派差人去抓人。差人去了，武吉他妈说，武吉回去的时候翻到沟里死了。差人便回去报给文王。又过了几天，人们发现武吉照样去打柴，感到奇怪，便问武吉到底是咋回事？武吉回答说：“我的墓尺寸挖的好，所以死不了。”这原是武吉的一句笑话，后来人们为了取个吉利，挖墓都喜欢挖七尺二寸，一直相传到今天。

讲述者：赵清礼　男　71 岁　西安市雁塔区丈八沟乡农民　不识字
采录者：王俊江　男　22 岁　西安市雁塔区丈八沟乡农民　初中
采录时间：1990 年 5 月
采录地点：西安市丈八沟乡武家寨村

出大丧悬蟒纸

蟒纸，俗称“筒人纸”。我国许多地方，民间逢大丧的时候，家门前都有悬挂蟒纸的习惯。蟒纸的作法是在许多白纸上剪满排列得整整齐齐的钱孔样式，然后将它们糊成筒形，吊在空中。有的长数丈，下端垂吊着一二尺长的纸絮。

相传，隋末唐国公李渊，早先有四个儿子元霸、元吉、世民和建成。后来夫人又怀了孕，李渊很希望夫人能再生一个儿子，好“五子登科”。可是夫人怀胎十月没生下来，李渊十分诧异。一直到十三个半月那天，夫人腹痛。到了半夜时分，雷声隆隆，电光闪闪，夫人腹痛剧烈。忽听她猛叫一声，生出来一条银色花纹的幼蟒。刚刚落地，就随着雷声电闪腾空而起，拖着一道银光，飞入黑茫茫的夜空。有人飞跑去禀告，李渊一听，心中吃惊，但表面镇定，说：“既生吾门，便是吾子。”按顺序排列为五，取名“蟒种”。

不久，夫人就去世了，灵柩安放在大殿里面。祭奠开始时，突然几声惊雷，一股疾风挟着一道银光扑入殿内，四根蜡烛顿时熄灭。透过萦绕着的青烟，人们发现柱侧贴伏着一条黄褐色的大蟒，头向下低垂着。满殿宾客顿时纷纷逃走，礼宾官疾步去告诉李渊。不料李渊听罢，哈哈一笑：“那是我的蟒种回家，孝事生母，守灵来了。”

那条大蟒果然沿着殿柱爬下来，盘卧在灵侧，将头掩在腹下，彻夜不动。尽管宾朋已明白大蟒是守灵的孝子，但毕竟它是一条满身花纹的蟒呀！礼宾官见人们不敢进殿，就叫人做了一串筒形的纸给蟒种当孝服，蟒种随即钻入纸筒内，盘卧在里边。

奠仪整整一天一夜，蟒种始终盘卧未动。第二天灵柩出殡以后，蟒种又腾空而去。

蟒种回宫守灵的孝心，感动了满朝文武官员。以后，谁家有了白事，埋葬亲人时，就在自家门前高悬一串筒形的纸，称“蟒纸”，以此表示对已故亲人的孝敬和追念。

讲述者：孙文忠　男　67 岁　泾阳县蒋刘乡农民　小学
采录者：孙文艺　男　58 岁　泾阳县县志办公室干部　初中
采录时间：1987 年 10 月
采录地点：泾阳县蒋刘大堡子

唱孝歌送葬

唐明皇时，皇太后患病死了，第二天拂晓就要出殡。

头天夜里，满朝皇亲国戚，文臣武将，三宫六院都聚集后宫给太后守灵。

鞭炮轰鸣，哀乐震耳，宫中力士扶杠抬棺，接连换了两班人抬，谁也抬不动。唐明皇亲自领班抬棺，还是抬不动。宫里人泣不成声，皇亲国戚也束手无策。

这时，皇太后的母亲对唐明皇说："陛下，太后生前最喜爱听李白和王维的诗词乐章，何不传一班歌师、乐女来吟唱，伴送太后出宫。"

唐明皇点头应允，请来一班歌师、乐女在灵堂演唱了李白的《蜀道难》和王维的《少年行》，并即席演唱了赞颂皇太后功德的歌曲。

随着歌声飘扬，灵柩慢慢启动了。

从此，人们办丧事，便兴起了唱孝歌办丧事的习俗。出殡前夜，孝家总要约请本地民间歌师，在灵堂前摆设桌凳茶点，击鼓作拍，诵唱孝歌，劝导世人行善尽孝，奉养父母，尊老爱幼，表彰死者生前优良德行，寄托哀思。

讲述者：高惠民　男　61 岁　长安县农民　小学
采录者：高　莉　女　29 岁　西安市莲湖区文化干部　大专
采录时间：1987 年
采录地点：西安市

亲人死后献三年饭

古时，有一个小伙子叫园田，父母早丧。园田勤苦劳动，日子越过越滋润，娶了一个聪明贤惠的媳妇叫珍女。

人常说：百人百性。这两口子再好也难免犯些口舌。园田膀大腰圆，能吃能做。以前，锅里水自己添，米面自己下。可媳妇呢？贫苦家出身，只知道节约细法[1]。园田因此常常发牢骚说：“人干活就是为了吃，不吃好还能干了活？细法，细法算个啥！”珍女一声不吭，等丈夫发完了火，才轻声细语说：“人常说晴天防雨天，丰年防荒年，万一有个瞎年景也好对付。人还说：男人是耙耙子，女人是匣匣子，不怕耙耙没齿，单怕匣匣没底。再说，我细法为谁呢？我啥地方没真心待你，你只管说。”珍女话说到伤心处，眼泪就由不得滚下来。园田听了，也想起平日媳妇有一口好吃的东西先叫他尝，吃饭先尽他吃饱。所以，吵两句也就算了。珍女做饭还是细水长流。后来，园田想了个办法，用秤称粮添水，珍女拗不过男人，只好顺着他的法子。

谁知几年后发生了大旱灾，土地干裂寸草不生，三年六料颗粒不收，人吃人的事也出现了。园田饿的没法，拿刀准备杀死儿子。珍女拖住男人的手，泪流满面说：“娃他爹呀！咱们吃苦受累，守着这独苗儿子，怎能忍心下手呀？”园田道：“不要怪我无情，总不能眼睁睁等死！”珍女又说：“不要杀儿子，咱们还有粮食。”只见珍女在土炕前挖开一个洞口，露出一缸白生生的稻米来，说下面还有四缸。珍女对男人说：“这是我每次做饭三指头一捏攒下的。”

园田后悔莫及，只恨自己无情要杀儿子，今后有啥面目见人，不如一死报贤妻。说：“我的好人呀！当初只怪

---

① 细法：俭省、仔细。

我错骂你，你千万不要计较。先给咱做饭去。”

珍女去灶房，园田拿起利刀往脖上一抹，珍女听到声响，出来一看，天旋地转昏死过去。

珍女醒来后埋了丈夫，每顿饭都要好茶好饭献在丈夫的灵牌前，一直献到第三年。一天晚上，她梦见丈夫对她说：“多亏贤妻送饭，使我在阴曹地府赎罪立功，今后不用再送饭了。”

自此以后，这一带就有了亲人死后献三年茶饭的规程。

讲述者：李民安　男　58岁　商州市夜村农民　小学
采录者：李喜胜　男　35岁　商州市夜村文化站干部　高中
采录时间：1988年
采录地点：商州市夜村

回民为啥住东关

李世民坐定天下后，连年五谷丰登，国泰民安。不久，北方外族侵扰，每日在边境挑起事端，杀害边民，侵占国土。守边军队抵挡不住，告急奏章，飞进长安。一天，唐太宗召集文武大臣，商议如何平定边境？丞相魏征奏道："皇上，外寇如此强悍，恐我兵力不足，难以取胜。不如派一大臣到土耳其求助，请他们出兵相帮，击退强寇，安我边境。"唐太宗准奏，就派一位大臣去了。这位大臣费尽千辛万苦，来到了土耳其国，向国王说明了来意。国王选派了三千名穆斯林兵将，开到中国。其中有三员猛将，一名叫扎斯，一名叫朵斯，一名叫旺扎斯。他们英勇善战，纪律严明，所到之处，秋毫无犯。来到中国边境，配合唐朝兵马。连战皆胜，击退了强寇，收复了领土，安定了边境。穆斯林兵将择日班师，回到长安。唐太宗非常感激他们，按照当时客东主西的习惯，就让他们住在了长安东关。为了表彰他们的战功，唐王还派人把他们的事迹编成戏，唐太宗亲自敲锣打鼓演出，以示祝捷。并赐给他们每人黄金百两，在长安居住五年后再回国。因五年时间太长，他们都没有家小，唐太宗又下了一道圣旨，在汉族中挑选了两千多名姑娘，分别和他们结成夫妻。这些姑娘每个人都在头上围一条红布，以表示她们都有了点了；成婚这天还唱大戏，新娘们先看戏，后成亲。俗话说："戏台底下的婆娘，都是有点的。"就说的是这事。人戏一直唱到天黑方散。这些穆斯林带上姑娘，都回到各自的房间里去了。以后这些姑娘回门，娘家人问他们跟穆斯林过的惯吗？她们都说："穆斯林的饭好吃，就是话不懂。"

这些穆斯林就在中国成家立业，传宗接代，一个也没有回去。一千三百多年过去了，他们的子孙遍及全国，而且大都住在城的东关。

讲述者：马东民　男　66岁　回族安康市居民　小学
采录者：黄兴发　男　54岁　安康市石灰厂工人　初中
采录时间：1983年4月
采录地点：安康市城东茶馆

砌门楼

关中农村，老百姓的门楼多半是青砖砌的。当地人叫“青砖门楼”。也有因门楼砌得高，叫成“冲天门楼”的。

相传，明朝末年，农民义军的首领李自成进军北京。路过关中遇到天下大雨，当时正是半夜三更，李自成本想叩门借宿，但又怕打扰乡亲睡觉。正为难时，他发现老百姓的门口可以避雨，就命令众兄弟借宿在百姓的门口无雨之处。所有将士只好三三两两地蹲在屋脚下避雨。可这雨越下越大，一直到天明时分。有个村老开门后，发现义军兵将都蹲在那点小地方，雨把衣服都给淋湿了，蹲在那儿打颤哩。老百姓心痛啦，就让他们进屋烤火暖和暖和。但因李自成队伍军纪严明，官兵都不肯入民房。这村老急了，取了个铜锣敲打起来，唤来许多乡友共同商议，如何让这些义军不再淋雨。其中有个木匠就出了个搭门棚的主意。话说完就干，这村中各家各户有砖用砖，有瓦用瓦。没砖瓦就用草搭，都在门口搭起了避雨的小房子。

后来，队伍走啦，人们见这种小屋可以让过路人躲雨，还可以保护大门扇不受雨淋日晒。就照着样儿改进了一下，修成青砖门楼。从那时起关中就传下了修建门楼的风俗。

讲述者：朱明乾　男　67岁　临潼县任留乡农民　不识字
采录者：林　宏　男　37岁　临潼县任留乡农民　初中
采录时间：1978年7月20日
采录地点：临潼县任留乡周花村

火　　绳

一天，突然雷鸣电闪，山林里燃起了熊熊大火。这火烧了很多天，一场大雨才把大火扑灭。大家都说那是“天火”。

神农和族民们，好长时间没有东西可吃了，大火刚一熄灭，他们就去山上寻找猎物。

山林一片灰烬，族民们跑了半天，一个猎物也没有找到。突然，他们发现地上有一只被天火烧焦的野鹿。大家饥不择食，七手八脚地将烧焦了的野鹿分着吃了。人人都觉得烧过的野鹿肉比生的吃着香，便决定去寻找天火。

神农带着大家，跑遍了山山峁峁，终于找到了一点快要熄灭的“天火”。他们把天火引回了家中，派人轮流看着，用它来烧煮食物。为了保护天火，神农在山里找到了一种艾蒿，将它拧成绳子，一根快着完了，接着又将一根点着。终于，天火被保存了下来，再也没有熄灭。

山里人至今还保留着用艾蒿拧成绳子引火的习惯，叫作“火绳”。

讲述者：陈天柱　男　92岁　凤县平木乡农民　不识字
采录者：张维新　男　44岁　宝鸡市渭滨区干部　初中
　　　　赵家栋　男　36岁　宝鸡市渭滨区干部　初中
采录时间：1984年10月
采录地点：凤县平木乡

家有一老黄金活宝

从前，有一个小国，人稠地少，供养困难。于是皇帝下了两道命令：一是杀尽全国六十岁以上的老人；二是远迁异地，定居建都。

皇帝有令，谁敢不从！才几天时间，上自朝廷命官，下至黎民百姓，凡六十岁以上的老人都见了阎王。

朝中有一小臣，名叫孝智，自幼丧母，与老父相依为命，他实在不忍让老父去死，冒杀头的危险，买了一个大竹篓把老父藏在里边。远迁时，他将藏老父的竹篓驮在马背上一路同行。每顿分来的饭食，他都让老父先吃，剩多少他吃多少。

远行路上遇阴雨，一连数日天不晴，大批人马做饭无火，饿了两天两夜肚子咕咕响。万般无奈，皇帝派人去取火种。选派一个未取回，杀了；又派一个未取回，也杀了。第三次派到孝智名下，他异常愁苦：“我死了倒不要紧，可老父怎么办呢?”老父隔着竹篓看到儿子的脸色不好，就问：“孩子，你有什么难处，就告诉我，或许我能给你想点办法。”孝智把皇帝派他取火种的事一说，老父笑道：“这有什么难的，你拿上一个有眼的小罐，里边放上火种，上面扣个盖儿，顶在头上不就取回来了吗?”孝智按老父说的办法，果然取回了火种，皇帝奖励了他。

转眼到了盛夏，走进沙漠地带，不见江，没有河，成千上万的人马干渴难熬，举步艰难。皇帝又派孝智去寻水。孝智想不出好法子，又请教老父。老父想了想说：“人马这么多，靠盆盆罐罐取回来点水不顶事。你放脱十几匹牲口任其奔跑，凡是牲口刨叫的地方，肯定有水。”孝智转忧为喜，当即放了十多匹好马，任其奔跑。不过两个时辰，几匹马围在一块沙滩凹地低着头使劲地刨，刨下了小坑便昂头长嘶。孝智拿起铁锹向下挖了四五尺，喷出了一股泉水，清凉甘甜，滔滔不绝。

大队人马走啊走，走到一个山水秀丽的地方，见湖中有一只梅花鹿在黄澄澄的金盆里饮水。皇帝站在湖岸连连惊赞道："这是宝物，是宝物！我要派人去捞。"派一个淹死了，又派一个也淹死了……文武官员纷纷对皇帝说："孝智人聪明点子多，水性又好，还是让他去吧。"皇帝欣然同意。这下又难住了孝智，他只得再向老父求教。老父说："湖中的金盆和梅花鹿是影子。这是正当午时天最热的时候梅花鹿在山上的金盆里饮水……"如何得到金盆呢？老父给他想了个法子。第二天正当午时，湖面上又出现了梅花鹿在金盆里饮水的情景。孝智和一个士卒拿着一块夹被，游到湖心山脚下，展开夹被每人提两个角，孝智朝山上"嘚儿一呔！嘚导儿一呔！"高喊了两声，鹿一听，猛一惊，蹄一蹦，金盆落下山来，他二人左右摆动绷展的夹被，恰好接住了金盆。

孝智又立了一大奇功。皇帝虽然奖励了他，但心中犯疑，怎么别人办不到的事，孝智却能想得出办得好呢？这绝不是他一个人的主意。于是将孝智传来再三追问。孝智知道瞒不过，只得说了实情。皇帝懊悔地说："家有一老，黄金活宝。看来老年人不是废物，倒是真正的有用之才。真不该把他们都杀了呀！"他亲临马前，请出了孝智的老父，并封他为丞相，同时把尊老敬老定为国法。从此以后，这个国家日渐强盛。

讲述者：张青山　男　48岁　神木县农民　初中
采录者：尚　虹　女　48岁　榆林地区群众艺术馆干部　中师
采录时间：1987年
采录地点：神木县招待所

过“赶年”

土家族人腊月二十九要关门“过赶年”。这个习俗是怎么来的呢?

传说，有一年的腊月二十四，要过小年了，土王在宫殿里闷闷不乐，连他最宠爱的“小妈”[1] 找他亲热，也打不起精神来。大妈看在眼里，急在心里，就提醒他说：“大王既觉没味，何不请你的好朋友进宫来下棋解闷？”

一句话提醒了土王。原来土王有个好朋友，博古通今，琴棋书画样样都会，大王封他当总管家。他不干，派他去当百户[2]，他也不去。只是住在所城[3]，三天两头进宫来陪土王谈古论今，下棋作乐，土王很喜欢他。这个人姓唐，名字谁也不知道，连土王也只喊他“唐法官”。

于是，土王连忙通知吏目[4]，要他去传唐法官进宫来陪土王下棋解闷。过了一会，吏目慌慌张张跑了进来说：“启禀大王，你老人家的好友他……他……”

土王大声问道：“他怎么样了？”

吏目说：“他得病死了。”

土王大惊失色，自言自语说：“他腊月初八进宫同我下过棋，腊月十八又进宫同我喝过酒，没听说他害病，这才几天，怎么就死了？”

吏目接着说：“听他家里人讲，是前天得急病死的。”

土工听了长叹 声：“唉，可见死起人来真容易。好好的人，一得瘟病，一下就死了。看来我今年运气不好，好朋友也死了。死起人来这么容易，今年只怕还要死不少人哩！”

---

① 小妈：即小老婆。

② 百户：土司下属的地方官，亦为世袭。

③ 所城：土王的都城。如天平千户所的土官即住在所街，现属石门县磨岗隘区。原址在今所街乡南坪渡村。

④ 吏目：土司衙门的属官，掌管人事、文书等事务。

果然，从过小年后，土王管的地方，突然发了瘟病，一些人不知不觉就死了。土王坐在殿堂里，只见吏目急白了脸跑进来说："启禀大王，不好了，城西三个村一天死了二十多人！"

吏目刚退身，管家又连滚带爬地跑进来禀告："大王，灾星到了，城东一个屋场几十户都死绝了！"

管家一出去，中营百户①又气喘吁吁地跑进来禀告："禀大王，中营的士兵这两天死了十多个，一得病就诊不好。"

土王心惊肉跳，忙挥手让百户出去。百户还没出门槛，就听到后堂有人哭了起来。几个丫鬟、老妈子一把眼泪，一把鼻涕地跑进来说："大王！你老人家的三小妈刚才咽了气啦。"

土王一听又急又怕，像这么死起人来，不等别人来打，江山就会垮台啦！他退到后堂，看到了大妈，哭腔哭调地说："老天在俺这里收人，眼见江山不长久了。"

还是大妈细心，她对土王说："大王，光急有什么用，只怕俺做错了什么事，说错了什么话，得罪了上天。你何不让土老司②到阴间去查查。"

这句话一下子提醒了土王，他忙传土老司"过阴"去查大批死人的原因。土老司腊月二十七时"下马"③登程，

---

① 守卫所城的带兵官，有前、后、左、右、中营百户及汉官百户。

② 土老司：即土家族信奉的巫师。

③ 下马：即烧纸马脚，到阴间去"公干"。

过了一个对时，直到腊月二十八中午才转身。

土王连忙问他："老司，原因查到了吗？"

土老司也顾不得行礼，忙说："都是你老人家自己说话不注意惹出祸来的。你虽不是大朝天子，也算是一方土王，说话也是金口玉言，要算数的。你老人家不是说过'死起人来真容易'，还说'今年只怕还要死不少人吗？'上天降下瘟病来应你的口。"

土王想起自己在过小年时说的话，后悔不及，忙问土老司有什么法子解救。土老司禀道："没法解救。幸好你老说了一句'今年运气不好'，那到明年就不怕了，瘟疫自然会停，也不会大批死人了。"

大王忙问："今日是几时，隔过年还有几天？"吏目禀道："今天是腊月二十八，明天二十九，后天三十过年，隔过年还有两天。"

大王忙说："一天死那么多人，还等什么三十过年。传我的令：各家各户一律准备，明天二十九提前过年！关着门过，让瘟神进不来，过了年就好了。"

果然，家家提前过年后，瘟疫停了，人口清泰了。从那年起，二十九提前关门过年就成了土家族人的习俗。

讲述者：覃清珍　81岁　女石门县所街乡迎驾垭村农民
采录者：鲍明清　石门县文化馆干部
采录时间：1984年5月
采录地点：石门县

元宵节挂花灯

“正月正，麦草青，正月十五挂花灯。”相传很久很久以前，天上有一只神鹅降到人间来了，不巧被一个猎人一箭射伤，惹得玉皇大帝大发雷霆。玉皇为了替神鹅报仇，下旨在正月十五这天派天兵天将来人间放火。把人间的财产、牲畜全部烧光。天宫中有一善良的仙女，她十分同情凡间的百姓，便冒险下凡把消息告诉了人们。让人们想办法对付。人们得讯后便聚在一起商量，献计献策，最后终于想出了一条办法，就是在正月十五前后三天，家家户户门前挂上红灯，同时放火花火炮，使人间好像起了火的样子，蒙哄玉帝。到了十月十五，天兵天将准备下凡放火，一打开天门就见凡间处处一片红火。他们以为大火烧起来了。连忙禀报玉帝，凡间已是一片火海，不用下凡放火了。

从此，相沿成俗，每天正月十五前后三天，晚上都是张灯结彩，玩花灯，通宵达旦。

讲述者：陈水平　男　35岁　凤凰村中心学校教师　高中
采录者：葛卫东　干部　高中
采录时间：1987年1月
采录地点：临湘县横铺乡

正月十五闹花灯

相传，正月十五闹花灯是从唐代开始的。为什么要正月十五闹花灯呢？

盛唐时期，朝廷清正，黎民百姓安居乐业。一年的除夕，长安城里家家户户送旧迎新，贴上了门联，烧香叩拜，以此感激朝廷和玉帝。

一天，有个老先生写门联。上联：“玉皇大帝济黎民”，摆在桌案上另做事去了。不料，墨汁未干的上联被风一吹，叠起来了。玉字右下方的一点叠印在了一横右上方。恰好玉皇大帝巡视凡间，忽然看到了“玉皇犬帝”四个大字，大发雷霆：“吾千方百计接济凡间黎民百姓，长安城内竟有此等谩骂对联！”当即令火神于正月十五放火，焚毁长安城。

正在一旁的雨神听到，大吃一惊。他想，玉帝这个旨令也太过火了。不过，天帝的旨意是不可违背的。我得先下到凡间，通个信，叫长安城的黎民百姓提早避一避。

雨神下到凡间，装扮成一个老者来到城里，碰见一个人就讲：“你们赶快搬家吧！长安城要遭天火烧哩！”他到东街、西街、南街、北街、中街，家家户户都讲，碰到男女老少都讲。蛮多人都以为他是个癫子，讲疯话。可是，很多老者觉得肯定有缘故，把雨神请到家里来问究竟。雨神把事情原委一五一十说了。一老人问：“有何办法可救？”雨神说：“天意难违呀！”又一老者问：“偌大一个长安城，难道就这样被天火烧光？黎民百姓男女老少就这么被天火烧死？”雨神说：“办法倒是有一个，可以试试看。”他说：“正月初六日这天火神一定要先下长安城查看放火地点的。这天，叫长安城内家家户户宴请他，请他手下留情如何？”说完，不见了影子。

正月初六清早，果然有个红脸红须全身红甲的人来到东门。东街的百姓见了，争相拉着他到家里喝酒，这家还没喝完，那家又拉了去。火神心想：“东门的百姓们心肠确实好，我不能从这儿发火种。不然，他们怎么能跑得赢呢？只有到南街去点火。”

火神来到南门。南门的百姓见了，晓得是火神下了凡，大家争相拉着他到家里喝酒，从早到晚，喝个不停。火神想：南门街上的百姓蛮热情，心肠好，绝不可以从这儿发火，放火前一定要先告诉他们一声。

火神醉昏昏地来到西门、北门。西门北门的百姓早已备好美酒佳肴在等候了。火神想，西门和北门的百姓个个情意好呀，只得另选个发火的地方。

火神又昏昏地来到城中。城中的百姓一见到他，你扯我拉，争相拉他到家里做客。东南西北街上的老者也都来相陪。酒席上，火神说：“各位老者，我本是天上的火神，玉帝老子命我正月初八开始放火烧毁长安城。今天，我特地先来看一下，从何处发火为好。我从东门到南门，从南门转西门，又从西门到北门和城中，觉得长安城里百姓个个蛮热情，心肠好，绝不是欺骂天庭之徒。我实在不忍心将一个好端端的长安城烧掉，使黎民百姓吃苦。不过，玉帝旨意是不能违抗的。”老者们纷纷请他出个主意，想个办法躲过这场灾难。

火神想了好一阵道：“办法倒有一个，大家能否依照办理？”一老者说：“菩萨，你只管说出来，我们百依百顺。”火神如此这般地详细交代了一番。临走时又再三嘱咐：“十五那天晚上灯火要旺一点啊，说不定玉帝要亲自查看呢!”说罢，径自上天庭去了。

长安城内正月初六这天开始，不分是朝廷还是百姓家，大家都忙着制作纸灯，备鼓乐，置铳炮。

正月初八晚上，长安城里大街小巷，各家各户门前挂起了红灯，男女老少举着纸扎的灯，点着蜡烛，敲锣打鼓，铳炮掀天，一齐涌向街头。

玉帝听到凡间嘈杂着，即召火神盘问。火神说：“启禀玉帝，下仙已按您的旨意将长安街东南西北街都放了火哩。那嘈杂声是从长安城里传出来的。”

正月十五晚上，长安城里大灯小灯数不清，灯光映红了半边天。铳炮锣鼓声冲云霄。人们的呐喊声震动了天庭。这时，玉帝带着火神雨神打开南天门俯视了一阵，便说：“烧得好!”

深夜，长安城里仍红灯闪耀，铳炮声，呐喊声，还在继续。这时玉帝独个儿来南天门巡视一番，觉得长安城确实大，从正月初八烧到十五日晚上，一连烧了整整八天八夜，还没烧光，烧掉房屋不计其数，烧死黎民一定很多，顿生怜悯之心，便命令火神收火，命雨神布雨。

从此，长安城里每年从正月初八日起，家家户户张灯，燃放铳炮，持续到十五日止，一直沿袭下来了。元烧（宵）节这天，一般都要下雨，那就是雨神在布雨熄火的缘故。

讲述者：潘久疆　男　80岁　新化县禾青乡农民　私塾两年
采录者：段秀华　女　新化县居民　小学
采录时间：1984年元月
采录地点：新化县

玩龙灯的兴起

相传往昔有个苗家阿雅，出门走到一条荒山路上，看见路上有块骨头，也不晓得是人骨头，还是野物骨头，骨头上长着一串谷子。阿雅走饿了，就把谷子搓到手板里，

一颗颗剥壳吃了，跟着又赶路去了。

走呀走，走得没有多久，阿雅觉得心里冗烦，直想呕，像有喜了；又走得没多久，肚子阵痛起来了，过个时刻，生下个小孩。当时，沿路没有人家，只好在一个岩洞里住下来。

这个岩洞，原来是老虎的家。住在洞里的是只神虎，它有部“无字天书”，遇到哪样危险事情，就翻书念。这天，这只神虎一大早到坡上找东西吃去了。阿雅生小孩后，硬是浑身瘫软，又饿又渴，心里慌得很。正当叫苦的时候，老虎回洞来了。阿雅看见很害怕，就将事情讲给老虎听。老虎听了不仅不咬她，反而给她找来了两碗水喝。阿雅喝了水，真是感谢不尽，说：“我饿得慌！”老虎听到了，又去夹好多猪肉和白米饭来。阿雅吃了，心里好快活，对老虎也就喜欢了，就像一家人一样，住了下来。老虎也把小孩当做自己的伢崽一样看待，经常背他出去玩。

小孩长大以后，阿雅对小孩说：“我要回家去了，你过几天再走；若是老虎撵你，你就拿把筷子，一根一根地丢给它。”

阿雅走后，小孩也想偷偷跑走，但没走几脚，老虎果然撵来了。小孩心里有些胆虚，只得照妈妈的话去做，把筷子往后丢一根，老虎每拣一根筷子，将头尾看个很久。小孩可趁此走段路。小孩丢一根，老虎看一根，始终撵不上，心里急麻煞了。小孩急忙往路边一棵大树上爬，爬到树梢，就往洞里钻去，躲了起来。老虎撵到树下，没见小孩子，便取出“无字天书”来念，念到“上不着天，下不着地，在木不见土”的这句话时，老虎仔细往树上看了好大一阵子，也是不见小孩。它觉得“无字天书”不灵了，于是，把书丢到地上走了。

小孩见老虎走远了，就往树洞爬出来，拣到“无字天书”。哪晓得这本“无字天书”是本算命先生的“宝书”，哪样事情都能算出来。小孩得了这本书，慢慢学着算命，然后，就成了有名的“算命先生”。由于它是鬼骨头上结的谷子变的，所以，叫他“鬼谷先生”。

鬼谷先生不光会算命，还会看天时地理，论阴阳八卦。有年，天干了一个多月，鬼谷先生到赶场。场上有很多卖辣子、茄子和南瓜等秧苗的，那些秧苗又嫩又壮，很是好栽，就是没有一个人敢买去栽，都讲干老火了，栽下去没有落雨，有什么用？鬼谷先生听了，便对赶场的人说：“你们把秧苗买回去，今夜三更，要落大雨，若没落，我赔你们买秧苗钱。”金钩老龙是掌管雨的，在旁边听见鬼谷先生这样讲，暗自寻思道：“我是龙神，掌管雨的，玉皇大帝未曾告诉我今夜落雨，他为什么就晓得呢？这人比我狠得多；地上有了这样的精灵人，那还得了？且看今晚是不是真的落雨，要是真的下了雨，下场我再找他。”当天晚上，上半夜闷热得很，墙脚岩冒水气了，到半夜过点点，果然雷电交加，落了场大雨。雷声惊醒了金钩老龙。金钩老龙叹口气道：“地下知天事，我这个管雨的官当不成了，等到赶场我去找那个鬼谷先生来问问，看他到底是个哪样人！”

第二场，金钩老龙很早就去场里等着鬼谷先生，哪知鬼谷先生没有来赶场。第三场、第四场仍不见鬼谷先生的影子。一连赶五场，金钩老龙都没有碰上鬼谷先生。在五场的第三十天里，草干得枯黄，禾苗快要死了，田里开了陷得下脚板的口，连井水也断了，人们的心焦得似火烧，敬天王，拜地神，苦苦哀求落雨。雨还是没有得落，怎么办？

“请鬼谷先生帮算下哪天落雨罗！”

凑巧，第六场鬼谷先生赶场了，大家围着他，要他帮算。金钩老龙变成了凡间老百姓，领头问鬼谷先生：“大家都讲你算得准，现在很久有下雨了，我们包谷豆子都干死了，田里禾也快干死完了，我们实在愁得很，请你帮算一算，好久下雨？下好大雨？城里下几分，城外乡里下几分？”鬼谷先生有认得金钩老龙，就照直说：“大家不用愁了，午未时排云，戌亥时下雨，城里下三分，城外下七分。”金钩老龙听了，大摇大摆地走了。

金钩老龙自叹道：“这鬼谷先生确实算得准，天上的事未做他就先晓得了。这以后，他不仅管地，还要管到我们天上去。我这次定要叫他算得不准，讲得不灵，让天下人都不信服他！”于是，就把玉帝命令他下雨的时间，大小偷改，来个“戌亥时排云，子丑时下雨，城内下七分，城外下三分。”这样一来，延长了时辰，改变了城内城外雨量，城里雨量过大，把人畜淹死很多，房子也倒塌很多，连土地公公的衣服、胡子也打湿了，坐卧不宁。土地公公对金钩老龙恨死了，腾云到玉帝那里告金钩老龙违背天意，害人降灾的状。

金钩老龙改变了下雨时辰，第二场赶场找到鬼谷先生问，为什么下雨的时间，城里城外的雨量，和你算得不一样呢？鬼谷先生算出是金钩老龙搞了鬼，就说："准也好，不准也好，我不担心。我只怕人家砍断金钩老龙的脑壳。"金钩老龙挨了骂，哑巴吃黄连——有苦讲不出，自己怏怏不乐地回去了。

再说，玉帝听了土地菩萨的禀告，大发雷霆，说："金钩老龙违犯天条，犯了滔天大罪，降下玉旨，将金钩老龙斩首。"

金钩老龙刚回到家中坐定，玉帝派来捉拿他的天兵天将，已到了门外，喊杀声震得金钩老龙不敢走动。天兵天将将金钩老龙捆绑押回玉帝灵霄殿受审。玉帝说："金钩老龙，我放你下到凡间管水、守水，你为什么不照章法办事？违犯我的旨意？私改下雨旨令，让地下人受害不少，这是犯了死罪，要断头处死。只因你是龙，暂时关在铁笼里，饭食照常给你送，让你再活几天，也算得我们对你的宽待。"玉帝命令把金钩老龙关在铁笼，活命七天。

金钩老龙晓得自己再活七天后，就要被处死，慌得团团转，吓得屎尿并出，在铁牢里东撞西撞。观音娘娘路过，金钩老龙向观音娘娘哀求，观音娘娘指点他去找唐王李世民，给他松枷去锁。金钩老龙按照观音娘娘的指点，逃跑到唐王那里，请求保身。唐王见金钩老龙苦苦哀求，只得答应去向玉帝讨保。唐王走到玉帝灵霄殿，玉帝晓得是替金钩老龙讨保的。就先想了个计策，请唐王喝酒。酒正喝得起劲时，玉帝故意把筷子掉落到地上，然后弯腰去地上拣，暗地放出一支阴箭，射死了金钩老龙，天兵天将将头悬在东门。尾挂在西门。金钩老龙变成了鬼，大闹唐王金殿，骂唐王救不得，就莫答应救我，害得我死身成两节，头在东，尾在西。唐王被吵得日夜不安，觉得金钩老龙在世上还是有不少功劳，便向他赔礼道歉，并给他安位在阳间受香烟，还下令每年过年后，新年初，人们要制金色龙身，抬着到处游年，每到一地方，都要烧香、烧纸，摆酒摆肉祭奉。

鬼谷先生是苗家的，金钩老龙被斩就因两个赌气，所以，苗家规定，每年正月初一到十五这半个月，家家准备粑粑，酒肉和香纸，放在堂屋里神龛下，等待着金钩老龙来享受。金钩老龙也就每逢正月间，就要走到苗家家家户户来，享受为它所敬奉的祭品，苗家祭龙玩龙灯的风俗，也就是由此而来。

讲述者：欧福德　男　40 岁　苗族　凤凰县禾库乡农民　高中
采录者：龙文玉　男　苗族　湘西州政府　干部
　　　　杨昌鑫　男　土家族　湘西州中学　教师
采录时间：1961 年 11 月 17 日
采录地点：凤凰县腊尔山区禾库乡

三月三龙花会

古时候凡是风调雨顺的年月，人们就吃得饱穿得暖，男女老少都很高兴。

在古丈、泸溪和吉首交界的巴蕉坪和郎木坪，寨上青年男女，每到吃过晚饭或者过节，他们就三三两两成群结伙地到山上的树荫下乘凉、谈心、唱歌、跳舞，找对象。

有一次，巴蕉坪和郎木坪的男青年为争夺一个年轻好看的黛帕（姑娘）打起来了，结果双方都有人受伤，郎木坪一位青年还被打死了。从此两边就结下冤仇，谁也不敢到对方的寨子伸脚。

后来，郎木坪的人们抬棺抬鬼准备再战，全村寨的男男女女，老老小小都去帮忙。他们拿起大刀梭镖和柴刀翻过两重山来到泸溪县边界，看到巴蕉坪寨子大，地势高，郎木坪来的大队人马有些心虚，就在对面山上停下来。巴蕉坪的人们看到对面山上人马众多，一定有事，于是在很短的时间内也集合了所有人马，在对面山上扎营，双方谁也不敢侵犯对方。由于人多马众，热闹得很，人们从来没经过这样聚居的生活，就把仇恨忘掉了，在山上摆起大大的歌场和跳舞场；大家尽情地唱了一天一夜，也尽情地跳了一天一夜，直到天明才难分难舍地各自回家了。这天，正是三月三。

第二年，有一个叫南山坎九娘的，也邀了许多的男女青年，在三月初三的那天穿起美丽的衣服，戴起好看的花帕子，从村寨里跳呀唱呀的一直跑到去年那个山顶上。有很多年轻小伙子，也穿上最漂亮的衣裳跟去了，陪那些姑娘们唱歌跳舞。这时候正是百花盛开的季节，山上的良辰美景使青年男女触景生情，有说不尽的话，唱不完的歌，直到煞黑还舍不得回家。

后来，人们把三月三定为“龙花会”。每年的这一天，人们把最好的衣服穿出来，最好的首饰戴出来，老老少少争看热闹，男女青年放心地挑选自己心爱的对象。时间久了，三月三就变成了一个传统节日。

讲述者：符自旺　张朝云
采录者：张宗腾　男　苗族　吉首市干部
采录时间：1962 年冬
采录地点：吉首市